刘梓洁 著

父 后 七 日

SEVEN

DAYS

IN

HEAVEN

新星出版社 NEW STAR PRESS

雅众文化　出品

目录 | Contents

辑一　父后七日

辑二　返乡者

辑三　一个人住好多年

辑四　旅行的瞬间

后记

辑一　父后七日

我喜欢捕捉光鲜之下的阴影，肃穆之中的荒谬，可是这类事情做太多，就会变得好像只是在耍弄“我跟别人不一样”的小聪明，会变得非常幼稚，非常自以为是。我又会设法从这层里面跳脱出来，否定自己的小聪明。

但我仍不是光鲜或者肃穆的。

父后一年间，每开这个档案，写两行，就要哭到头痛欲裂整天不能做事好生气。于是，投降，不写了。

前年父亲节，我提早从香港寄明信片给你，邮件却出奇地慢，两个礼拜后的七夕你才收到。那天，你打电话给我说，我收到你的情人卡了。

今年父亲节，截稿前七日。我早起，坐在椅子上，哭了两个小时。

只是想到，我已经无法再寄任何东西给你了。

于是，我又开始写。我跟自己说，一天，写一日就好了。

（马修·史卡德[1] 说，一次，戒一天就好了。）

---

① 马修·史卡德，美国犯罪小说家劳伦斯·布洛克的著名小说系列中的主角，是一名私家侦探。此处作者借用这句话来表达忘记父亲的困难。

父后七日

今嘛你的身躯拢总好了[①]，无伤无痕，无病无煞，就像少年时欲去打拼。

葬仪社[②]的土公仔[③]虔敬地，对你深深鞠了一个躬。

这是第一日。

我们到的时候，那些插到你身体的管子和仪器已经都拔掉了。仅留你左边鼻孔拉出的一条管子，与一只虚妄的两公升保特瓶[④]连结，名义上说，留着一口气，回到家里了。

那是你以前最爱讲的一个冷笑话，不是吗？

听到救护车的鸣笛，要分辨一下啊，有一种是有医——有医——，那就要赶快让路；如果是无医——无医——，那就不用让了。一干

① 即“现在你的身体都已经康复了”。

② 台湾乡间负责殡葬礼仪服务的公司。

③ 传统道教葬礼中的执事者。

④ pet bottle 的音译，即塑料瓶。

亲戚朋友被你逗得哈哈大笑的时候，往往只有我敢挑战你：如果是无医，干嘛还要坐救护车？！

要送回家啊！

你说。

所以，我们与你一起坐上救护车，回家。

名义上说，子女是送你最后一程了。

上车后，救护车司机平板的声音问：小姐你家是拜佛祖还是信耶稣的？我会意不过来。司机更直白一点：你家有没有拿香拜拜啦？我僵硬点头。司机倏地把一卷卡带翻面推进音响，南无阿弥陀佛南无阿弥陀佛南无阿弥陀佛南无阿弥陀佛。

那另一面是什么？难道哈利路亚哈利路亚哈利路亚哈利路亚？！

我知道我人生最最荒谬的一趟旅程已经启动。

（无医——无医——）

我忍不住，好想把我看到的告诉你。男护士正规律地一张一缩压着保特瓶，你的伪呼吸。相对于前面六天你受的各种复杂又专业的治疗，这一最后步骤的名称，可能显得平易近人许多。

这叫作，最后一口气。

到家。荒谬之旅的导游旗子交棒给葬仪社、土公仔、道士，以及左邻右舍。（有人斥责：怎么不赶快说，爸我们到家了。我们说，爸我们到家了。）

男护士取出工具，抬手看表：来！大家对一下时喔，十七点三十五分好不好？

好不好？我们能说什么？

好。我们说好。我们竟然说“好”。

虚无到底了，我以为最后一口气只是用透气胶带黏个样子。没想到拉出好长好长的管子，还得划破身体抽出来，男护士对你说：“大哥忍一下喔，帮你缝一下。”最后一道伤口，在左边喉头下方。

（无伤无痕。）

我无畏地注视那条管子，它的末端曾经直通你的肺。我看见它，缠满浓黄浊绿的痰。

（无病无煞。）

跪落！葬仪社的土公仔说。

我们跪落，所以我能清楚地看到你了。你穿西装打领带戴白手套与官帽。（其实好帅，稍晚蹲在你脚边烧脚尾[①]时我忍不住跟我妹说。）

---

① 尸足前端，以立香、火烛、银纸及白饭上供，也称“脚尾香”。

脚尾钱，入殓前不能断。我们试验了各种排列方式，有了心得：折成L形，搭成桥状，最能延烧。我们也很有效率地订出守夜三班制：我妹，十二点到两点；我哥，两点到四点；我，四点到天亮。
乡绅耆老组成的择日小组说：第三日入殓，第七日火化。

半夜，葬仪社部队送来冰库，压缩机隆隆作响，跳电好几次。每跳一次我心脏就紧一次。
半夜，前来吊唁的亲友纷纷离去。你的烟友，阿彬叔叔，点了一根烟，插在你照片前面的香炉里，然后自己点了一根烟，默默抽完。两管幽微的红光，在檀香袅袅中明灭。好久没跟你爸抽烟了，反正你爸无禁无忌，阿彬叔叔说。是啊，我看着白色烟蒂无禁无忌矗立在香灰之中，心想，那正是你希望。

第二日。我的第一件工作，校稿。

葬仪社部队送来快速激光复印的讣闻。我校对你的生卒年月日，校对你的护丧妻[①]孝男孝女胞弟胞妹孝侄孝甥的名字，你的族繁不及备载。
我们这些名字被打在同一版面的天兵天将，仓促成军，要布鞋没布

---

① 讣闻用词，往生者的妻子。

鞋，要长裤没长裤，要黑衣服没黑衣服。（例如我就穿着在家习惯穿的短裤拖鞋，校稿。）来往亲友好有意见。有人说，要不要团体订购黑色运动服？怎么了，这样比较有家族向心力吗？

如果是你，你一定说，不用啦。你一向穿圆领衫或白背心，有次回家却看到你大热天穿长袖衬衫，忍不住开玩笑说，怎么老了才变得称头[①]？你卷起袖子，手臂上埋了两条管子。一条把血送出去，一条把血输回来。
开始洗肾了。你说。

第二件工作，指板、迎棺、乞水[②]。土公仔交代，迎棺去时不能哭，回来要哭。这些照剧本上演的片场指令，未来几日不断出现。我知道好多事不是我能决定的，就连哭与不哭。总有人在旁边说“今嘛毋驶哭”[③]或者“今嘛卡紧哭”[④]。我和我妹常面面相觑，满脸疑惑，今天，是欲哭还是不哭？（唉个两声哭个意思就好啦，旁边又有人这么说。）

有时候我才刷牙洗脸完或者放下饭碗，听到击鼓奏乐，道士的麦克

① 意为“穿着讲究”。
② 迎棺时，往生者子女为棺材引路，至丧宅最近的水源向水神乞水以便为亡者沐浴。
③ 意为“今天不能哭”。
④ 意为“今天使劲哭”。

风发出尖锐的咿呀一声，查某囝来哭！如导演喊 action！我这临时演员便手忙脚乱披上白麻布，直奔向前，连爬带跪。

神奇的是，果然每一次我都哭得出来。

第三日，清晨五点半，入殓。葬仪社部队带来好几摞卫生纸，打开，以不计成本之势一叠一叠厚厚地铺在棺材里面。土公仔说，快说，爸给你铺得软软你好困哦。我们说，爸给你铺得软软你好困哦。（吸尸水的吧？！我们都想到了这个常识但是没有人敢说出来。）

子孙富贵大发财哦。有哦。子孙代代出状元哦。有哦。子孙代代做大官哦。有哦。念过了这些，终于来到，最后一面。

我见你的最后一面是什么时候？如果是你能吃能说能笑，那应该是倒数一个月，爷爷生日的聚餐。那么，你跟我说的最后一句话是什么？无从追考了。

如果是你还有生命迹象，但是无法自行呼吸，那应该是倒数一日。在加护病房，你插了管，已经不能说话；你意识模糊，睁眼都很困难；你的两只手被套在廉价隔热垫手套里，两只花色还不一样，绑在病床边栏上。

好歹留一句话啦！这是你的护丧妻，我妈，最最看不开的一件事，一说就要气到哭。

你有生之年最后一句话，由加护病房的护士记录下来。插管前，你跟护士说，小姐不要给我喝牛奶哦，我急着出门身上没带钱。你的妹妹说好心疼，到了最后都还这么客气这么节俭。

你的弟弟说，大哥是在开护士的玩笑啦。

第四日到第六日。诵经如上课，每五十分钟，休息十分钟，早上七点到晚上六点。这些拿香起起跪跪的动作，都没有以下工作来得累。

首先是告别式场的照片。葬仪社陈设组说，现在大家都喜欢生活化，挑一张你爸的生活照吧。我与我哥挑了一张，你跷着二郎腿，怡然自得貌。大图输出，一放。有人说那天好多你的长辈要来，太不庄重。于是，我们用绘图软件把腿修掉，再放上去。又有人说，眼睛笑眯眯的不正式，应该要炯炯有神。怎么办？我们找到你的身份证照，裁下头贴过去，总算皆大欢喜。（大家围着我哥的笔记本电脑，直啧啧称奇：现在电脑真是厉害。）

接着是整趟旅程的最高潮。亲友送来当作门面的一层楼高的两柱罐头塔[①]。每柱由九百罐舒跑[②]维他露P与阿萨姆奶茶砌成。既是门面，就该高耸矗立在艳阳下。结果晒到爆，黏腻汁液流满地，绿头苍蝇

① 台湾丧葬礼仪用品，用彩色纸与易拉罐饮料搭成塔形。

② 台湾一功能性饮料品牌。

率队占领。有人说，这样爆下去不行，赶快推进雨棚里。遂令你的护丧妻孝男孝女胞弟胞妹孝侄孝甥来，搬柱子。每移一步，就砸下来几罐，终于移到大家护头逃命。

尚有一项艰难至极的工作，名曰公关。你庞大的姑姑阿姨团，动不动冷不防扑进来一个，呼天抢地，不撩拨起你的反服母[1]及护丧妻的情绪不罢休。每个都要又拉又劝，最终将她们抚慰完成一律纳编到折莲花[2]组。

神奇的是，一摸到那黄色的糙纸，果然她们就变得好平静。

三班制轮班的最后一夜，我妹当班。我哥与我躺在躺了好多天的草席上。（孝男孝女不能睡床。）

我说，哥，我终于体会到一句成语了。以前都听人家说，累嘎欲靠北[3]，原来靠北真的是这么累的事。

我哥抱着肚子边笑边滚，不敢出声，笑了好久好久，他才停住，说：你真的很靠北。

第七日。送葬队伍启动。我只知道，你这一天会回来。不管三拜九叩、

---

① 亡者之母仍健在。亡者之父仍健在称“反服父”。

② 台湾祭祀时用纸折成莲花，希望借观世音菩萨座下的莲花法器，将渡化对象送往西方极乐世界。

③ 意为“累到想哭爹”。“靠北”指哭爹，意指哭得很惨。

立委致词、家祭公祭、扶棺护柩，（棺木抬出来，葬仪社部队发给你爸一根棍子，要敲打棺木，斥你不孝。我看见你的老爸爸往天空比划了一下，丢掉棍子，大恸。）一有机会，我就张目寻找。

你在哪里？我不禁要问。
你是我多天下来张着黑伞护卫的亡灵亡魂？（长女负责撑伞。）还是现在一直在告别式场盘旋的那只纹白蝶①？或是根本就只是躺在棺材里正一点一点腐烂，尸水正一滴一滴渗入卫生纸渗入木板？

火化场，宛如各路天兵天将大会师。领了号码牌，领了便当，便是等待。我们看着其他荒谬兵团，将他们亲人的遗体和棺木送入焚化炉，然后高分贝狂喊：火来啊，紧走！火来啊，紧走！
我们的道士说，那样是不对的，那只会使你爸更慌乱更害怕。等一下要说：爸，火来啊，你免惊惶，随佛去。
我们说，爸，火来啊，你免惊惶，随佛去。

第八日。我们非常努力地把屋子恢复原状，甚至习俗中说要移位的床，我们都只是抽掉凉席换上床包。
有人提议说，去你最爱去的那家牛排简餐狂吃肉（我们已经七天没

① 俗名菜粉蝶。

吃肉）。有人提议去唱好乐迪。但最终，我们买了一份《苹果日报》与一份《壹周刊》，各卧一角沙发，翻看了一日，边看边讨论哪里好吃好玩好腥膻[①]。

我们打算更轻盈一点，便合资签起六合彩。08。16。17。35。41。农历八月十六日，十七点三十五分，你断气。四十一，是送到火化场时，你排队的号码。

（那一日有整整八十具在排。）

开奖了，17、35 中了，你断气的时间。赌资六百元（你的反服父、护丧妻、胞妹、孝男、两个孝女共计六人每人出一百），彩金共计四千五百多元，平分。组头阿叔当天就把钱用红包袋装好送来了。他说，台彩特别号是 53 咧。大家拍大腿懊悔，怎没想到要签？！可能，潜意识里，53，对我们来说还是太难接受的数字，我们太不愿意再记起，你走的时候，只有五十三岁。

我带着我的那一份彩金，从此脱队，回到我自己的城市。

有时候我希望它更轻更轻。不只轻盈最好是轻浮。轻浮到我和几个好久不见的大学死党终于在摇滚乐震天价响的酒吧相遇，我就着半

---

① 形容八卦新闻的重口味。

昏茫的酒意把头靠在他们其中一人的肩膀上，往外吐出烟圈顺便好像只是想到什么似的告诉他们。

唉，忘了跟你们说，我爸挂了。

他们之中可能有几个人来过家里玩，吃过你买回来的小吃名产。所以会有人弹起来又惊讶又心疼地跟我说你怎么都不说我们都不知道？

我会告诉他们，没关系，我也经常忘记。

是的。我经常忘记。

于是它又经常不知不觉地变得很重。重到父后某月某日，我坐在香港飞往东京的班机上，看着空服员推着免税烟酒走过，下意识提醒自己，回到台湾入境前记得给你买一条黄长寿[1]。

这个半秒钟的念头，让我足足哭了一个半小时。直到系紧安全带的灯亮起，直到机长室广播响起，传出的声音，仿佛是你。

你说：请收拾好您的情绪，我们即将降落。

---

① 台湾卷烟品牌。

后来

后来，我开始我变态的疗愈。

走在路上，我刻意拐进公园，穿越而行，找到阳光灿灿的树底，选个好位置坐下来，近乎没有礼貌地，眼睛直直扫视那些被外籍看护推着轮椅坐成一排的老人。
他们神智不清骨瘦如柴气若游丝，生命连同尿袋、点滴一起被挂在轮椅加设的铁杆上，晒太阳。

然后，我就可以告诉自己，你真的比较幸运。（你在加护病房躺了六天，然后，走了。）

变本加厉时，我甚至想从轮椅的花色式样、老人身上的管子总数、腿上盖毯的毛质，或是看护们吱吱喳喳的南国方言里，（好吧再搭点另一侧欧巴桑群摆的土风舞姿与俗丽歌曲吧）去找到一种叫荒谬的东西。

但其实我什么也没找到。我只看到一个骄傲的我，骄傲其实怕得要死的我。

我也曾经如此盛气凌人、自以为是地看待你的虚弱吗？

我只是孤傲地，用文字筑起高台，一个字一个字往上爬，越爬越高，站在上面，疏离而睥睨，自以为远离俗世层，自以为清高又安全，喃喃诵背怨憎会、爱别离、求不得[1]。这些文字积木其实虚妄而摇摇欲坠，如叠叠乐[2]，抽掉一块就粉身碎骨。我不过在等，等纵身一跃。一如红衣女模。

你百日，红衣女模跳楼。你是中秋后一日走的，而你百日，刚好是圣诞节。犹记得，平安夜下午，在高速公路南下的统联客运上，接到朋友兴高采烈揪人晚上去狂欢的电话，嗡嗡引擎声中，我扫兴回复：不行耶，我要回彰化。朋友仍尖着声调：那么乖呀！我说，唉。（唉，好奇怪，还是说不出口。够闷了。我爸百日，这四个字还真难说。）

圣诞节一早，我们一家，及返回祭拜的二叔三叔一家，共十多人，进进出出准备祭品，客厅电视开着，是新闻台。我端着一盘可能是

① 佛教“人生八苦”之怨憎会苦、爱别离苦、求不得苦。
② 一款桌面游戏。

油煎萝卜糕或三牲四果，在电视前停下来，婆婆妈妈般鬼叫。

平安夜，一名正值花样年华、连 C 咖[①]都称不上的女模，因不堪男友始乱终弃，在永和住处顶楼喷漆写“冤枉”，刎颈后跳楼，当场身亡。一身焰红，浓妆艳抹，誓做厉鬼（又一，怨憎会、爱别离、求不得）。一个人孤零零地，雨夜，从二十多楼坠下。

电视新闻记者留下问世间情为何物或惨绝人寰或不禁唏嘘的评论。

我鬼叫，是因为，那中庭拉起黄色警戒线的小区，我再熟悉不过。正是妹妹和我在永和的租居之所。女模跃下的那栋楼，在我们的斜对角。从我们住的十七楼阳台可清楚看到那个顶楼，当然也包括现在电视里，摄影记者正模拟着的，从顶楼到小区中庭这一加速度直线。直线终点，围满警察与记者，四周圣诞灯仍闪烁着节庆的光芒。

我与妹妹、家人就着电视未能免俗也说了些三姑六婆的话。还好不是我们那一栋喔，耶，不知道这样可不可以跟房东说降房租喔。然后，继续去拜你。

每人三炷香排排站，阿嬷[②]会说些话，叫你回来吃饭，叫你带阿祖

① 台湾喜欢把演艺圈的各类明星，按大牌等级分。A 咖指一线明星，C 咖则为三线明星。
② 台湾对奶奶的称呼。

一起回来吃。每次听着，我感觉身体里所有的水分都满到喉咙满到鼻腔了，一开口，一呼吸，它势必全部满到眼睛。因此，我很佩服阿嬷，她总是能把思念与心愿说出来，即使带哽咽，也一次比一次克制（只有一次失控了坐到古厝门坎哭，我的儿子啊拉都拉不回来）。可惜此家族人大多遗阿公那边，A 型，闷。

祭拜完成，到等待烧金纸的这段时间（时间可长可短，照惯例由阿嬷发布，她会掷筊[①]，问你：呷饱未[②]？待得到一个圣筊方可烧纸），一大家子十多口人，坐在客厅说说笑笑聊梦境。

首先是阿嬷。她说梦到你回来告诉她，烧点碎银来吧，这边大钞不好用。大家一阵狂笑。有人说，看吧，谁叫我们铆着劲儿几亿几亿地烧！有人说，啊不会叫爸爸去买包烟找开喔！

接着是三婶。她说你告诉她，你在那边没鞋子穿，又叮嘱她，别花钱买，拿三叔工厂里的样本就好。三叔在厦门台商鞋厂当差，常带回样本或瑕疵品给众多侄儿侄女。工厂主要帮欧美品牌代工，款式大多年轻新潮。三叔自然就忘了，在自己大哥有生之年，带双给你。

---

① 一种问卜的仪式。“筊”也称“杯”（贝），故闽南语“掷筊”又名“跋杯”。依据传统习俗，仪式内容是将两个约掌大的半月形，一面平坦、一面圆弧凸出之筊杯掷出，以探测神鬼之意。凸面为“阴”，平面为“阳”。一平一凸称之为“圣杯”（或“圣茭”“信筊”）表示神明认同，或行事会顺利。
② 意为“吃饱了吗？”

三叔有点愧疚，拿出鞋，大家又一阵惊呼，哇，是 NIKE 耶！

可是，怎么会没鞋穿呢？入殓时明明是整套西装白袜黑鞋，做七[①]时也烧了好多双纸鞋，难道都没收到？

你的妻子说，那个（你在家里的最后一个）半夜你突然从床上坐起，神情恍惚，路都走不稳，像是要去小便，还没走到厕所，就尿在裤子上。她意识到不对劲，下床扶你进浴室清洗，换上干净衣裤，不敢惊动睡楼下的公婆，蹑声打电话叫醒住在附近的二姨：赶紧开车来，你姊夫浑身烧滚滚，烧得不省人事。

二姨火速到达。两位一向坚强的女眷半推半扶把赤脚的你弄上车。那时起，你脚上便无鞋。到医院，送上推床，急诊室转加护病房，从此没下过床。六天后，心跳归零。离去时，床侧无鞋。（啊，原来灵魂最后记忆的，是出窍这一刻。那我们那七天拼命烧，岂不装肖为[②]？）

安静寡言的你爸续接起话尾。没人知道，那个晚上，二姨的车开走后，他起来了，看着红色尾灯，消失在阒黑的寂静巷弄。接着，他躺回床上，一阖眼，似梦非梦，看到你，胸前一摊血，笑笑对他挥

① 亦作“烧七”“作七”。习俗中，人死后于“头七”起设灵位，供木主，每日哭拜，每隔七日做一次法事直至七七四十九日。
② 意为“装傻”。

挥手，说再见。
（天啊爷，你竟然憋了百日才说出来。）

全家静默。阿嬷已上楼，楼上厅堂传来掷筊声，清脆敲在磁砖地上，一声，又一声。大家忽把目光朝向我，唉，爸爸最疼你，有没回来跟你说什么？（喔，拜托，你们前面几位都讲那么好叫我怎么接棒啦？）
我说了，我的确梦到了，也是 NIKE。梦中你和我妈来台北，我送你们去统联站搭车回彰化。候车室里，你说你冷，我穿着红色 NIKE 连帽夹克，说，不然这件给你穿？
就梦到这儿。

那件红色 NIKE 连帽夹克，是我大四时用家教费买的。有次穿回家，难得你识得一个品牌 logo，而节俭的你难免带点责备：吼——衫嘛 NIKE，鞋嘛 NIKE。（嘿，老爸，你不知我这衣服一穿穿十年耶。）

我问，那意思是我要把这件外套烧给我爸吗？大人说，这样不算。必须是，你梦中的他，是死去啊又回来啊，这样才叫托梦。如果你梦到的，是过世前的他，那只是你想念他。
原来都不算。

我甚至还梦过，我才读国中，你竟然变成红酒收藏家。有天，你一位生活阔绰、每次来都开不同名贵进口车的表弟，慎重登门拜访，要跟你买一箱酒。你从壁橱里搬出木箱子，说："外面好像一支卖一百六，我算你一百五好了。"表叔说："外面喊到一百八了呢！"（你们说的是美金吗？）你从容笑笑，又搬起箱子，说："是喔，那我不卖啰！"我大概在房里写评量测验卷，从门缝偷偷看，心里想，哇，爸你好帅！

（那这个梦，不只是我想念你，还是我自己所爱喔？）

那天我很三八地打电话回家，要妈妈帮我签：15、16、18。全部没中奖。以为是你托梦托来明牌，原来都不算。在我梦中的你，总是更年轻更健康更帅，我不知道，死去啊又回来，你会是什么样子。

（我问过三婶。她说我也不会说，反正就是会知道是你。）

阿嬷话声：可以来烧了哦。我们带着一摞一摞大银小银，（妈妈经常帮我们垫这个钱那个钱，要给她，她总是说免啦。唯独每年给你的金纸，她不容欠一天。每年每人一百元。）一家十多人围着庭院前的临时铁皮金炉，待纸烧旺了，三叔把鞋丢入火丛中，橡胶慢慢熔化，浓浊黑烟升起。骑脚踏车路过的村人皱眉掩鼻，NIKE 那一个勾勾，也慢慢熔了。

你收到了吗？

午饭后，我和妹妹搭二叔二婶的便车回台北。车子才从家里开出不到一公里，车速渐缓。二叔转着方向盘，欲拐进一座宽阔无人的停车场。我当然知道这里是哪里。在心里死命祈祷，求求你，拜托，不要停。祷告无效。车子停下来了，二叔拉起手煞，转头对我们说：去看一下你爸。

我爸，在哪里呢？

如果是在家里，我妈也常说，去看一下你爸。她指的是楼上祠堂里那块神主牌。而在这田尾乡公墓停车场旁，有一座塔，来到这儿，说，去看一下你爸。指的就是，塔里的坛里的你。

你在这世界最后的物质存在。

我们快速找到你的坛。我双手合十，低头，果然，那满在喉咙满在鼻腔的水，就从眼睛倾倒出来了。算了，投降，撑不下去了，哭丑就哭丑吧。哭与不哭，那时的我总带着淡漠的放弃。

（要好久好久以后，我的瑜伽老师告诉我："不要隐藏泪水与脆弱。最坚强的人，总是平和地与它们在一起。"我才慢慢学会，平静、觉知而释然的泪水。）

我抬头，转身。一向理性的二叔，距离我们三步，不敢向前。二婶对他说，不过来看一下你哥？他摇头，眼眶噙着薄薄的泪。我看见二叔守着阿公遗传给他的压抑性格，撑在最边缘。他知道，再一步，他可能就会变成哭到拉都拉不住的阿嬷。

于是，北上高速公路上，你的四位家人，不知谁该安慰谁，也不知该用什么话安慰。两百公里，一路闷着前进。终于到了，我的十七楼城堡。

我深吸一口气，对叔婶礼貌地微笑致谢，和妹妹下车。感应门卡三声滴滴响，小区大门、大楼大门、电梯，冰冷却象征进步、流畅、安全，以及私密。我捏了捏口袋里阿嬷给的茉草[①]，缩回高楼。

尽管这里前夜也才刚发生过暴烈的死亡。

后来，我经常回家。不知为何像个乖巧的女儿，不睡自己的房间，主动跟妈妈睡，才知妈妈每夜默默流泪睡去。

我变成那个安慰人的人。好厉害。我竟然能说着古今中外多少人想死死不了，看看那些躺在赡养院插管的老人，你希望老爸最后粪溺都在床，小孩孙子看了都怕吗？他能这样走，是前世修来的福气咧。

老妈吸着鼻子说："他是快活啊，我们留下来的人不甘啦！"

---

① 台湾用来压惊的药草。

好几个夜里，你们的双人床上（你的遗照就放在床头），我们母女这样重复着对话，直至睡去。

一次一次回家，我发现妈妈开始在房里挂小熊、挂米老鼠、挂各式绒毛玩具。我默默仔细观察她，是不是有创伤症候群或什么心灵空缺精神疾病的倾向。但还好，她还是一如往常，干练发落打理家里大小事。我问妹妹是不是也注意到了？妹妹说，很正常啊！一双巧手的她，正娴熟地拿着针线做各种织布玩偶、拼布杯垫。

我才知道，这些东西，原来都是日本少女的疗愈系小物，让你免于孤单。而我，不也每天亲昵拥着两只猫咪，又揉又挤，又抱又亲。它们也总是好配合，在脚边、在腋下，缩成两团肥软毛球，伴我入睡。即使在厨房，黄背白腹猫儿亦时不时喵一声，跳上操作台，要我鼻子顶它鼻子。

这些毛茸茸的动物，不管有生命无生命，填补你妻女的空缺。如猫咪舔毛，平抚惶惶不安的皱褶。（只是，唉，不能去想，它们有天也会离开。）

唉，好吧。讲到猫咪会不自觉落入絮叨师奶模式。那是你最怕、我也最怕的温情攻势。父后几个月，和亲密的朋友说到，我爸走后，我突然有种切断什么的自由了。朋友率然答曰，是吗？你妈不会管你管更紧吗?

没错。她答对了。疗愈小物是不够的。母亲把不安转化为日常对话的新句型，那叫作“反正你爸都不在了”句型。

最常出现在，打我手机没有讯号，家里电话没人接，再拨通时，叮咛责备话语末了，总要加句：反正你爸都不在了。我日子过得闲散，辞去编辑工作，有一搭没一搭接稿度日。母亲不放弃叫我去考教师资格证书，这类对话难避免大小声。她喟然：反正你爸都不在了。

我实在不是个乖女儿。我开始淡漠、疏离、放弃，想：好吧，那我也不在可以了吧。每天祈祷，让我离开这里吧。我不要待在一个我爸不在的地方。每天走在路上，希望突然出现一辆车、一艘船、一架飞机，告诉我：上来吧！

果然，它来了。一个上海工作机会的面试，第一关，必须先备妥履历与作品。我疏懒闲散又常搬家，那些印成铅字的作品，自己是留不住的。你少少的遗物里（一个皮夹、几本糖尿病病人饮食及自我照护保健书籍），有一大摞报纸，叠得整整齐齐。你习惯收放在客厅的书橱里，有客人来，就拿给人家看，若我刚好也在家，总羞赧得赶快跑上楼去。因为，那些报纸上，都有我的名字。版面有大有小，时间跨越三四年。从实习记者开始，也许只是一方小小的本周新书书讯辑录，也许是一篇文学奖决审会议纪录，也许采访了哪位作家。但对你来说，也许吧，都是骄傲。

我站在便利商店复印机前，一篇接一篇印。看着一道道水平的扫描光束，由左至右，熨平或反射着，这些旧报纸的最初身世。

大部分是周日出刊的《艺文周报》。周日一早，你会打电话给我："今天有吗？"（意思是，今天有你的文章吗？）我有时雀跃："有哦，很大一篇喔！"有时耍耍大小姐脾气："哎哟，自己去看嘛。"你骑着摩托车，去报摊上翻着，连卖报阿桑[①]看你来都知道，今天有你女儿的喔！

这似乎是我高中离家后，我们唯一亲密的连结。

你喜欢看综艺节目的猜成语单元，但觉得那些题目都很没创意，常常要我把你发明的题目写在明信片上寄去给《我猜我猜我猜猜猜》或其他节目，我都没理你。

有次回家，你在一个坏掉的小闹钟与一颗棒球上，各贴一段宽版透气胶带写字。（是啊，你生病后，家里就多好多这样的常备保健医疗用品：血压机、血糖机、胰岛素针筒、酒精棉球、透气胶带。）

---

① 欧巴桑（阿桑）是日语直接发音，原意是：大嫂、阿姨。泛指中老年妇女。在港台，对这个词实际引申为三八型的老妇女。

在闹钟上面写“平安”，棒球上面写“生存”，还故意写成拙拙的POP字体。要我猜，是什么意思。我懒得猜。

你说，答案是：平安中（钟），求（球）生存。

我大笑：爸你很冷耶。

爸，上海很冷。

父后五个月，农历年后，一个皮箱，我到了上海。

第一个挫折，被干冷天气打败。水土不服，鼻水流完流鼻血。两岸三地感冒药吃掉好几排都不见好转。在暖气房里入睡，鼻子完全堵塞，手脚冰冷，呼吸道燥热，好几夜重复做着有人不断往我嘴里塞干吐司的恶梦。

然后，我梦见你了。

真实发生过的。你入殓时，葬仪社人员从冰柜将你搬起，硬邦邦的身体无臭无味，如速冻真空包装，利落地哐啷一声，入了棺材。事毕，你的老父感叹，时代果然进步了，今天真卫生。他阿嬷过世时，昭和年间，尚无冰柜，在厅里摆到腐烂出水，入殓几乎是捞起，汤汤水水，尸水渗入土角厝的泥土地。出殡后，臭气仍萦绕屋内，久久无法散去。人进人出，皆捂鼻露出嫌恶状。

这一幕，竟然自动在我脑中转换成影像，在异地的快速动眼睡眠期，档案被叫了出来。梦里，你躺在早就夷为平地的三合院正身大厅，正如，你爸的阿嬷，在发臭。就好像在应该彬彬有礼的社交场合中有人放屁，只要一白目人[①]率先发难说：“好臭！”所有人便会群应而起。远亲近戚顾不得庄严悲矜，就连我哥和我妹也捏着鼻子。（这是托梦吗？不，梦中的你只是死去啊，并没有又回来。）

而我，倔强摆着一副死样子，我不要闻到你的尸臭味。不发一语，独站角落，如游泳课练憋气。我怕，只要一丝放松，便会破功[②]，我也将开始嫌恶你。我憋到整脸涨红，双手紧握至指甲插入肉里，脑袋快因缺氧而休克，最终，投降。

我醒来了，从窒息恶梦脱逃。急切地深吸一口气，鼻子通了，流出来的，是一条温热的鲜红鼻血，脸上爬满惊恐的泪。

天已亮，下雪了。窗外正飘着刨冰状雪花，宿舍后院一片雪白苍茫。那场雪，像是可以通到心里某个地方，那般的澄冽干净，那般柔美而仁慈。

---

① 意为“搞不清楚状况的人”。

② 意为“前功尽弃”。

自此之后，每逢遭遇悲伤挫折，我就想赶赴到一个下雪的地方，静看雪落。

后来，我感觉自己变得不太一样。例如说，我变得爱发愿。好像有你在上面一切将变得容易灵验。
是心灵体验，或超觉玄秘体验，或讲得流行一点的，灵修吗？不，那时都还不算。

在上海，我的工作是帮琉璃制品写文案、写故事、写新闻稿。我背了好些：一切有为法如梦幻泡影如电亦如露应作如是观（金刚经四句偈），愿我来世得菩提时身如琉璃内外明澈净无瑕秽（药师琉璃光本愿经），心无挂碍无挂碍故无有恐怖远离颠倒梦想究竟涅槃（般若波罗蜜多心经）……我背，纯粹因为写文案时，很好用。

我驽钝又铁齿。每天在占地幅阔的厂区，或施工中的琉璃博物馆，晃来晃去，由无相无无相晃到今生大愿千手观音，由花好月圆晃到澄明之悟。我的老板待我宽厚，偶尔开我玩笑，说我是不信形而上之物的文艺女青年喏。

从无相到千手观音区，必须经过一长廊，廊侧是一整排琉璃转经轮，名为常念慈悲。设计上，希望贵宾走过时，伸手触摸、转动那刻满经文的琉璃滚筒。博物馆开幕前一夜，灰扑扑的工地，仅靠几盏悬挂的黄灯泡照明。上上下下有无数双手在敲敲打打、擦擦拂拂。转经轮陈设完毕，老板叫我去转动，看有没有“感觉”。（是啊，文案不就是要贩卖一种感觉吗。）

我当好玩地，走进那廊道，内外明澈、净无瑕秽的琉璃经文穿过我的手。它旋转着、映照着什么。到第四座经轮，我停下来了，仿若有一道电流，由手掌通过整条手臂。我不知道有没有经过心，但它，直接抵达我的眼睛。

（是你吗？是你来了吗？）

我措手不及，双手合十压住颤动的嘴唇，确定眼睛里那热热的东西不会在这么多人面前流下来。转头，切换成三姑六婆又一派无赖的文艺女青年，对老板说：“我觉得客人走到这里就受不了了啦！连我这么、这么……”

“这么笨、这么现实吗？”老板帮我接了。他一如往常，宽厚地笑着。

“对啊！”我毫不否认。

不信形而上之物与鬼神之说的文艺女青年想要一个科学的答案。于是，我囫囵吞枣，看了很多开悟与大脑、量子力学与灵魂之说，越看越昏。后来，一位广泛接触身心灵领域的朋友说，不要去解释它，你时候到了，如此而已。

时候到了？皈依佛法或虔心信教的时候？不，我自己清楚，那不是鬼神膜拜，也不是宗教救赎，更不是心想事成的秘密。而是，顺应身体与心念，慢慢找到那个澄明、净澈、慈悲的所在。

我相信，也许你在那里。

父后五年清明节前夕，三婶梦见你。

在乡下欢闹办桌的场合（是哥哥的婚礼吗？），你一人走进来。三婶告诉周围人，我大哥回来了。但除了三婶，无人可看见你。你走至里面较僻静角落，自己找张椅子坐下，问婶：

你们要我保佑你们什么？

三婶想要说，当然是保佑赚大钱啊。但她喉头像被哽住，说不出口，不断流泪，最后，呜呜咽咽说：保佑大家平安就好了。

你点点头，站起身，把手搭在婶肩上，拍拍她，像在说：我知道了，你别哭了。

婶没停止哭，直至清晨醒来。

我在两百公里外的电话这头，听母亲转述婶的梦，不可遏抑地流泪。

我的哭点是，你现在，有给予愿望的能力了吗？

而我父后以来这一路顺遂，是否都来自祈愿灵验？

我写了一篇讲你死掉的文章，得到文学奖首奖。电影制片邀我改编成剧本，提案获得电影辅导金补助。剧组浩浩荡荡，返回我们老家拍摄。影片完成，获邀参加好几个国际影展，发行商主动联系上院线。

你来三婶的梦时，我刚自香港电影节归来。媒体的形容是：口碑爆棚。观众的回响是：对白精辟抵死。

电影里的父女回忆相处情节，都是你与你父亲的真实经历吗？我最常被问到。不，那只是剧本初稿完成后，制片及资深业内好友们提出的建议：多一点温馨感人的父女戏吧。

我深知游戏规则。我知道一个文本走至此处，一位上道的创作者，必须变成一部浓烈或爽淡、加糖或加奶皆任君选择的智能型咖啡机。客户键入多点糖奶，喔，不，是多点温馨感人，我经过电子式感应运算，得出下列一场戏。

还在读高中的女儿，自学校返家，父亲骑着野狼机车去车站接她。一路，父女随意攀聊，爸爸问她，模拟考考得怎样，会不会上台大。女儿嘛嘴耍耍大小姐脾气，不要再问成绩的事啦。

而时光忽一转，摩托车上的父女错位。女儿骑着机车，载着父亲，只可惜，已不是能说能笑的老爸，而是一帧遗照。

拍这场戏时，我毫无预警地被震撼到痛哭流涕。在摄影车上，我看着小屏幕里那对如情人一般的父女，情绪骤然失控，但也不是要拉要劝那种，就是泪水关不掉。剧组人员大概以为这是我的亲身经历，所以不能自已。其实，真正的原因，只有我自己明了。

没有。我和我的父亲没有过这样亲密的相处。但正是这样才更教人难过，因为，再也没有机会了。

但你知道吗？父后五年里，我除了工作上堪可称上专业好用的智能型咖啡机外，其余全是一笔烂账，一股憨胆跌跌撞撞，自作自受。

于是，我又来到下雪的地方。日本纪伊山地高野山，被列为世界遗产的千年参诣圣地。日本所有念得出名字的家族：德川家康、织田信长、丰臣秀吉、伊达政宗，全都安葬在这里，还有许多企业的供养塔、工殇慰灵纪念碑。我在千年的杉木林里踏雪而行，走至最高的奥之院御供所。前方，就是空海大师的长眠之所——灯笼堂。

日本寺院，一切供养祈愿皆明码标价。点香、点蜡烛、买御守，任君选择。我出发前，两位认识的人刚过世，一位是九十岁的大姑婆，一位是罹癌的大学同学J。

大姑婆一生硬朗，连颗蛀牙都无，九十大寿后有天跌倒，卧床多日，在睡梦中离去。大学同学J活得认真笑得灿烂，婚前健康检查验出癌症末期，无缘披上白纱。半年化疗放疗追不上癌细胞蔓延转移的速度，她平静接受，发信给亲朋好友：“不收奠仪。如果你来，请带我最爱的向日葵。”

我与她们，都不算熟稔，甚至没熟到需要去参加告别式。但直觉地，为她们各点一根白蜡烛。每根五十圆，我将一枚百圆硬币投入木箱。秉烛祝愿她们一路好走。然后，走上御庙桥。

桥下是玉川之水，溪畔一排庄严佛像背水而坐。就要进入最神圣的堂殿，我依照立牌标语，脱下毛帽，卸去手套围巾，收起相机。正从背包里挖出相机套时，我突然一惊：啊你咧？

我又忘记你了！

停下脚步，回头一望，御供所已涌进日本进香团阿公阿嬷。他们身系白褂，拄着木杖，神色虔敬。我定住犹豫着要不要倒退走，手上同时抓着毛帽、手套、围巾、相机与相机套，拉链未拉的背包垂挂在手肘，看起来又狼狈又形迹可疑。进香团的导游发现我了，以为我要停下拍照，对我扬手喊着：继续往前走！这里禁止拍照！

好吧。

前方是好长一道石砌阶梯，每一阶的积雪已被前仆后继的膜拜信徒踩出两道足印。我拾级而上，四周宁静得只听得到自己的喘息。

最后一阶，抵达空海大师御庙。LED 温度计显示：零下二点七度。庙门的对联上写着：昼夜慰万民住普贤悲愿，肉身证三昧待慈氏下生。禁止拍照，抄经可以吧。掏出笔记本，呵着冻僵的手，抄下对联。这一次，我没有流泪，没有什么奇妙电流或玄秘感应。从呼出来的白烟里，我隐隐知道，你不需要我为你点蜡烛。

因为，亲爱的父亲啊，对我来说，你已是永恒的存在。

与《父后七日》一起的时光

（同名电影拍摄札记）

1

第一夜，众人散去，庭院与灵堂虽有一点凄清寂寥，但相对，反而也有好不容易安静下来的感觉。庭院里只剩道士阿义和表弟小庄在泡茶聊天。阿义对小庄说："我是你妈妈的同学，但是我阿公是你外婆的哥哥，不是亲的啦，是你外婆的阿爸认我阿公作义子，所以我要叫你外婆叫姑婆仔，要把国源叫阿叔。你妈算起来，是我的阿姑。啊这样，你要叫我……哥哥啦！"

亲戚牵来扯去，论辈不论岁。我有很多明明年纪比我小的舅舅阿姨，或明明同年级，我却要叫姑姑叔叔的亲戚。国小一二年级的导师我要叫姑婆仔。开学第一天就把我叫到旁边说：你妈有吩咐，要打大力一点。国中的教学组长是我的舅公，所以每次月考我全校排第几名连我阿嬷都知道。

就以拍片时来卖力赞助、情义相挺的几位乡亲来说好了：

出借自家透天厝作为工作人员住处的，是我爸爸的妈妈的三哥的大儿子，可收拢为我爸的表哥，再简称为我的阿伯。

经营葬仪社半买半送提供葬礼场景器材的，是我妈妈的爸爸的堂弟的儿子，他叫我妈为阿姊，所以舅舅叫下去就对了。

片头表弟返家坐的客运车，是到亲戚的游览车上拍的。这位老板我也要叫阿伯。他是我爸爸的爸爸的大姊的二儿子，也是我爸的表哥。他们上一次全员到齐，可能就是我爸的葬礼。这次，再全员出动，也是为了这部讲爸爸死掉的电影。

这样东拉西扯，拜托来拜托去，岂不是很不好意思？不会，因为每一层关系都紧密连结，和气稳固，而能够如此的确是仰赖一次又一次的家族婚丧喜庆。如无尽的盛宴，大家在日常悲欢中，把称谓再复习一次。

用我妈的话说，就是：大家都很亲啦！

担任临时演员的更亲。折莲花的一帮女众正是我亲妈与亲姨。趴在纸房子前数一二三四的，是小我二十四岁的小堂弟。看日子的乡绅耆老是我的外公。

外公的职业很多。他是农夫，我总搞不清楚是农会的理事长还是总干事，就是名字会被刻在农会大楼的外面，家里有无数庆贺匾额那种。他也是每一次地方选举的内线。他是家庙龙州宫的掌门人，每次进香都要下场带队舞狮。他快八十岁了，头发全白，仍声如洪钟、身手矫健，喜欢唱卡拉 OK，会找我合唱《雪中红》和《一条手巾仔》。吃饭喝酒，要判断他醉了没，就是注意他有没有开始撂英语。

除此之外，外公还会择日命名。所以，请他来，就是要他演自己。外公自己骑摩托车来，日常装扮已浑身是戏：詹氏宗亲会红背心、老花眼镜、择日黄历、小楷毛笔、叼根烟。外公自己在农会便笺上写好子丑寅卯，与饰演道士阿义的金钟影帝吴朋奉对戏，毫不生疏。

择日桌边，还坐了另外两位老人家，是我的叔公。担任操管葬礼大小事的道士阿义，一边与择日耆老讨论入殓出殡时辰，一边请老人家抽烟。每换一个镜位，就要再重点一次烟。

日后，在电视上再看到朋奉，外公叔公总大笑，与有荣焉曰：彼个演员，一晚不知请我呷几支烟咧！

另一个有型的临时演员是外婆的小弟，我的小舅公。小舅公种植盆栽园艺树苗，从我懂事以来不分冬夏，他每次出现，总是一身牛仔装，一双牛皮夹脚拖鞋。我们从没问过他的装扮风格是从哪里来，只留下了“很趴”[1]的印象。

戏里，当载着父亲的救护车，在夕阳余晖下，飞快驶过田间小路，路边，一老农夫携着随身听巡视稻田。随身听传出地方电台质朴又生猛的卖药广告或气象报告。救护车尖锐的鸣声，划破乡间原有的安稳静好。

这个匆匆一瞥的老农夫就是小舅公。他一样一身蓝色牛仔劲装，自己配上黄色的某某宫鸭舌帽，与黄色雨鞋。

收工时，摄影助理跑来跟我说：你舅公好有型，好像克林·伊斯威特！我望向工作车边的舅公，他正客气地把红包里微薄的临演费抽出来，递还给工作人员，谦和地说着：收袋子就好、收袋子就好！

2

阿梅家的客厅，如动画效果，沙发、茶几、电视、家具、家电一样一样不见，变成空旷的客厅。再如绘图软件植入新对象：神桌、祭品、蜡烛、遗照，一样一样被挪进来，很快，客厅变成一个灵堂。

当电影开始下乡勘景筹拍，第一个遇到的问题就是：谁家要借我们搭灵堂？工作人员和我在乡间小路偷偷巡视，哪个三合院已没人居

① 意为“很夸张”。

住，是不是可以出借。但妈妈特别嘱咐无禁无忌的我，连开口都不要开口，免得触人霉头。在敬天畏鬼的乡下，要找到心脏够强的人家，让剧组把棺材、灵堂、道士、孝女、花圈、罐头塔等全部放进你家，然后说“这是假的啦！”真的不容易。

这时，人称詹董、经营葬仪社的堂舅出现了。

堂舅并不是一开始就当起“董仔”。他年轻时去当木工学徒，学的就是刻棺材。几年之后，出师了，头脑灵活的他，自己吸收了上下游厂商，开了葬仪社。生意越做越大，他想拓展事业，而乡下，最不缺的就是土地。于是，他把祖产地重新整理规划，再往更上游发展。葬仪社的上游，是什么？

答案是：老人赡养院，名为养乐村。

堂舅大方出借养乐村的接待厅。经过美术组的用心改装，成了电影中这户人家的客厅，也就是灵堂，是许多场戏的主要场景。在里面要折莲花、要诵经、要办法事、女儿动不动要扑在棺材上哭阿爸。我们问：那住在这儿的老人家不会忌讳吗？看淡生死之事的堂舅回答得很妙：让他们先练习一下也好啊！

于是，开拍了。拍摄现场呈现出多层次的画面。

中间，演员们披麻带孝爬进爬出，外围，工作人员把棺材等葬仪用品搬进搬出。再更外围，则是放风时间由外籍看护推出来晒太阳的阿公阿嬷。有人插管，有人痴呆，他们轮椅坐成一排，来看戏。

在阿公阿嬷团的更外围，眼尖的副导演发现，有一位酷哥经常看我们拍戏看得出神，充满表演欲的样子。酷哥是养乐村的工友，要打扫、修整庭园、倒垃圾。他长得瘦瘦小小，却像极了黑道电影里跟在大哥旁边最狠、也最抢戏的跟班。

问酷哥之前在做什么？他说：四处流浪。堂舅说：他是艰苦人啦！就让他来帮忙，有地方住，有点零用钱。

乡下有很多不知从哪里来的人，在都市被称为“街友”“游民”“流浪汉”。在乡下，有个更悲悯的称呼，称他们为艰苦人——无依无靠、无家可归、靠苦力过活的人。

太好了，有一场戏可以让酷哥发挥。天兵表弟小庄，要帮哥哥大志拍一张拿花的照片，要两位村人扛着蓝背板，以便用绘图软件。小庄搞半天搞不定，炽热难耐，小庄一说“好啊！”，村人就用力放下板子，一路骂着脏话走出去。

我们请酷哥来试一下戏。他竖起手，信心十足说：免！这我会晓！好，开机！直接来！

小庄说：好啊！酷哥的表演爆发力、节奏感、草根气口，随着摔板子，全部到位。一次 OK。那自己加词组成整串的脏话，更是，真的，编剧我打死都写不出来。

而后来，当剧组再度重返养乐村补拍几个镜头时，艰苦人酷哥已不知去向，不知又流浪到何方。他就像个天使，赐给了我们一场天衣无缝的戏。

3

道士阿义拿了张黄色封条，上面写：一亿五千万给阴间林国源，其他无主孤魂不得占用。阿义的助理给三个小孩递上火把，要他们站成一圈，“要给你爸的财银这样才不会跑掉”。火把点燃纸房子、纸车子、纸扎人偶，熊熊大火起，红色火光映在每个人的脸上。

我是数字白痴，但拍片的预算书上，有个算式总让我害怕。那是餐饮费。每人每天三餐乘以六十元，扣除早餐，制片会特别早起张罗豆浆蛋饼或咖啡火腿蛋，午餐晚餐两个便当。若拍二十天，等于每人要连着吃四十个六十元的便当。

所幸，主要场景在彰化乡下，与制片讨论，请当地的外烩食堂，依每人六十元的预算，做出五菜一汤或六菜一汤的合菜，放饭时，大伙就围着两三桌大红圆桌吃，如乡下的办桌。

果真有几餐，在外公家的庙埕上吃，像吃拜拜[①]。外婆若正好烧好一锅梅干扣肉，会端出来帮大家加菜，旋又进屋去，切出一大盆番石榴。

唯独一晚，我们在田中公墓拍烧纸钱纸扎的夜戏，遂请食堂，打成便当，送到公墓来。收工时，便当也来了。黑暗中，那提着数十个便当，踩过公墓灰泥地往我们走近的食堂小开，对我咧嘴笑着。啊！是鸡屎耶！我的小学同学鸡屎！

食堂小开的名字是基石，很正面很有为的两个字，可是发音听起来就是鸡屎。我和很多小男生直接翻成台语，叫他：给赛！

对啊，基石的阿公是老村长，他爸妈在帮人办桌。我们是小三小四的同班同学，有阵子两个人的座位还在一起。小五分班，国中不同班，这一别，将近二十年。

基石把便当发放给工作人员。他看起来，只是小三时的原尺寸放大，一样脸圆圆的，眼睛圆圆的。他开口第一句话是："阮儿子国小二年级啊捏！[②]"

---

① 祭祀时宴请亲朋好友。

② 意为"我儿子读小学二年级了！"

相较起我的惊喜，基石一派轻松。他说早就知道是我在拍片，只是找不到时间相认而已。我拿着便当，坐在公墓旁的石堆上吃起来。基石也蹲下来，继续开讲。

他当兵时女朋友就怀孕了，退伍后就结婚了，现在已经生第二个了。我夸他真厉害，他说：对啊，谁叫你们后来都去读好班啦！
国中按能力分班，国小狐群狗党作鸟兽散，他们的生活必定比我精彩。当他们无照骑车、偷抽烟、泡马子时，我就只有读书、读书、读书。基石帮我更新信息，说哪位同学现在在干嘛干嘛、谁娶谁了、谁生子了。

公墓，人影幢幢，工作人员收拾着器材，纸钱纸扎已烧成灰烬。纸房子的竹框架烧不掉，大家合力拆解，丢进公墓铁网围成的金炉里烧，基石也帮着我们。火光中，我感到温暖，感觉自己不再是那个好班的学生。

4

宁静暗黑的乡间，矗立着一座灯火通明的夜市，是乡民生活的精神堡垒。每周有一天晚上，各式传统流动摊贩在此聚集。一台摩托车慢慢靠近夜市，停下来，拿下安全帽。前座是小庄，后座是还穿着套装、高跟鞋的阿梅。

在选女主角阿梅时，一开始很刻意找“中南部出生长大，到台北读书工作”背景的演员，后来一波三折，回首一望，发现编剧兼舞台剧演员王莉雯很适合。她是三重小孩，从小在家里帮忙卖鱼丸，自然亲和的气质，看似平凡，实则自成一格。

阿梅与爸爸骑摩托车一场，本想在深坑的木棉道拍，但路边已停满一排车，怎么看都不像彰化乡下。遂转往外环道，先拍现在的戏，女儿骑机车载爸爸的遗照。再拍回忆的戏，同样的一条路，爸爸载着穿台中女中制服的女儿放学回家。

看莉雯换上台中女中制服，头发中分，很有感觉。惟台中女中制服自古以透气又低胸著称，高中时冬天，我和同学常在下课时间躲进游泳馆，把吹风机直接塞进胸口喷热风取暖。这次苦了莉雯，只有让羽绒外套随侍在旁，一卡就披上。

阿梅骑着小摩托车载遗照的戏，我们上摄影车跟拍，摄影师士英的free hand[①]很有力量，每一个晃动都有感觉，他时拍阿梅脸，时拍露在车外的爸爸遗照，加上速度，虽然没有日光，却很有层次，很有张力。

① 书面镜头摄影术语，即手持、徒手。

而这台很难发动的破旧小摩托车意外加了分，一遇熄火，就得在冷天里发动半天。在这一熄一发之间，莉雯也没觉得烦。每启动一次，看着 monitor 里莉雯骑车的侧脸与背影，我都觉得，她把阿梅乡下出身的卑微与韧性更逼真地表现出来了。

如果找来的是安全发动的机车，恐怕也没这效果。

这场戏，爸爸也必须穿短袖骑野狼机车。有武打底子的太保哥，在深坑的青山绿水环绕间，时以打拳热身。

前一夜，在深坑黑狗兄餐厅，爸爸生日聚餐的戏拍完，我们请太保哥到外面练一下野狼机车，场务在后协助。场务本想太保哥不熟车况，大概会慢慢骑，他只消在后头小跑跟着。结果车一发动，太保哥马上变成古惑仔，换档顺畅，车速平稳。可怜的场务在后面跑得上气不接下气，跑回来后弯着腰，话都说不出来，直竖大拇指。

田间道路拍完，雨又开始有一阵没一阵。我开始忧心，晚上的夜市戏怎么办？棒球摊已联系好，若雨下大，他们将奉陪到乐华夜市。傍晚，摆摊的流浪兵团一摊摊进驻占位子，看来会开摊，但不确定卡拉 OK 来不来。执行制片载我去木栅或景美找家比较 local 的唱片行，借一些台语唱片与伴唱带，万一不来，我们可自己陈设出一个爸爸的卡拉 OK 摊。

我们还在路上，接到电话说今天深坑夜市全部不摆摊了。万念俱灰，赶紧回去与大伙会合，打算移师永和。结果一到，雨停了，灯亮了，一半的摊位已摆开，那时突升起一种共存共亡的革命情感，我们与这些摆摊者都是看天吃饭的小老百姓啊。

天色渐暗，仍迟迟不见卡拉 OK。为怕开天窗，我开车回家把能找到的洪一峰、江蕙、郭金发、新春金曲 100 等 CD 都载上备着。王导打电话来说，万一数量不够多，就带一些旧书吧，把爸爸的摊子陈设成旧书旧货兼卡拉 OK 摊。哈，这我最会，找了很搞怪的集合：《家常菜第一次就上手》《赖和全集》《台湾世纪回味百科》《日汉字典（简体版）》《水浒传》《三国演义》，还有《壹周刊》《新新闻》“印刻”“联文”等过期杂志与各国火车时刻表。

结果我把这些家当运到深坑时——当当——神奇的卡拉OK出现了。

接下来，除了雨仍时下时停，一路顺利。中间雨下得粗时，太保哥跟工作人员说，我看你们工作车上有线香，拿三支给我吧！我拜一拜。太保哥说这是他的习惯，每到一个场景就祈求一下。他说，你看吧，白天在路边就没下吧。原来是他先“请示”过了，让人感动。夜市的最后一场：爸爸过世之后，哥哥大志接手爸爸的卡拉 OK 摊，表弟小庄顾棒球摊。家祥与阿泰都演得好极了，搭上雨，搭上冷，那种萧索落寞与一点点温馨更到位了。

十一点钟，夜市收摊，我们也收工了。借用香港友人廖伟棠的书名：我们在此撤离，只留下光。

辑二　返乡者

车子从北斗上交流道，北上，过三义，一片静寂。

开车的我哥先开口了。

我哥：刘梓洁赶快说一些话啦我快睡着了。

我：喔，我觉得我好像快中风了。

我哥：靠北喔。

我：你说要找话题的啊。

又陷入沉默。

我哥：刚刚过了几个收费站？

我：两个，员林和后里。

我哥：那造桥快到了。

我：造桥上去是杨梅、泰山，泰山上去还有吗？

我哥：汐止。汐止是北上要收，南下不用收。

我：那南部的，员林下去是斗南……然后新营……新市……

我哥：冈山！最后一个。

我：耶！那我们来背二高的！树林、龙潭……

返乡者

若非闻到飘过来的烟味，我是不会发现她——返乡者的。

二〇〇七年，高铁通车，返乡者们换了路线。高铁台北到台中乌日站，走到台铁新乌日站转乘电联车，搭到离家最近的小站。

在此之前，他们要提早订好周休连假都很难订的火车祟，莒光号或自强号，山线或海线车程三或四小时，如果没有误点的话。或者，后车站承德路统联客运，排成弯弯曲曲好长一列人龙，排歪了，就排到台南去了。

这里的返乡者，很抱歉，要画一下地缘。他们来自彰化市以南的彰化，纵贯路（学名是省道台一线）上，或中山高交流道，或普快车停靠站，你会看到，永靖、社头、田尾、北斗、溪洲。这些乡镇虽然分别以袜子、菊花或肉圆闻名。但基本上，它们像个美国中西部小市镇，你没有车或摩托车，哪里都到不了。若你在纵贯路上开好久的车，四周是原野，一栋房子都没有，忽然看到路边矗立着美国公路电影里的景观：发亮的好大的 T 霸汽车旅馆招牌，名字是寻梦园或青青河畔，是的，就是这里。

返乡者们的家，还必须从汽车旅馆旁边的小巷子，弯过几块田、猪舍、养鸡场、土地公庙、县议员服务处，才会抵达。但不是你想的形制完好的红瓦屋或乡村小木屋，现在大部分是有围墙有庭院有车库的两层楼房。周围有废弃的三合院，有一整排刚兴建好的独门独院洋房（案名是巴黎四季或荣耀罗马）。

返乡者与我，就在这惯称为家的房子里，度过了两天一夜，或三天两夜。如果是夏天，我们会穿上可能妹妹高中时的T恤和运动短裤，穿爸爸或阿公的拖鞋，蓬头散发，胶框眼镜、隔离遮瑕膏皆免。心情好会跟妈妈上市场，下厨做道在都市里学的西餐（迷迭香煎鲑鱼）或外省菜（合菜玳瑁）。有时也骑了摩托车去帮妈妈买米酒（而且不用戴安全帽哦）。

假期结束，带着一办公室人份的桂圆蛋糕或古早味三明治（同事提起这是网络团购超夯[①]名产时，返乡者总反击：台北俗哦，我们从小吃到大耶，下次回家带给你们吃），提着行囊，由家人载送，经过弯弯的巷子与田间联络道，抵达名曰田中的小车站，买了一张往

① 意为“热门的”。

高铁乌日站的电联车票，过匣口，上月台。

就在这时，我闻到熟悉的烟味，嗯，女生爱抽的凉烟，按烟索骥，我看见她了。返乡者。

她坐在月台最尾端的位置，像是放松、调节或想着什么地，抽着烟。（所以，现在我非常确定了，我遇见她的时间是高铁通车后，下月台禁烟令前。）她的烟是从大包包里的小包包拿出来的。哇，这个厉害，藏得真好。

呵，好几次，若返乡前先与朋友聚餐，临去车站前总赶快把没抽完的烟全部送他们。他们直说不好意思，我摊摊手，不能带烟回家的啦。

抽烟的人看见人家抽烟就会更想抽。没错，但我还没转过神、还没放松、还没调节，所以，我只是默默看着返乡者抽烟。她有点瘦，比我秾纤合度。头发是我烫好几次都失败的无重力烫，随性又有型。穿着亦然，是时尚界说的 smart casual。最让我羡慕的是她脚上那双 TOD'S，它创造出了被形容为像是走在水床上般完全没有压力的“豆豆鞋”。墨绿色麂皮便鞋，杂志上称“豆豆鞋”。我这种“波西米亚人”会对自己做的最奢侈的事，就是把整笔稿费拿去买一双鞋，但这双，哇，还买不起呢。

火车来了，我坐在她对面，不露声色地继续随火车摇晃，欣赏她的鞋——我的梦幻鞋。但是才行驶不久，火车突然停了。不是靠站，却一动也不动，没有广播。车上人开始躁动。列车长拿着无线电匆匆走进车厢，说："前头那班车遇到有人卧轨，等一下哦！"

啊，déjà vu[①]。

不，déjà vu说的是隐微模糊的似曾相识，而我的记忆，是千真万确。十年前，我也遇到过火车因卧轨暂停。我甚至可以清楚说出那天的日期，是一九九八年七月二日，我的大学联考日。

一样在从田中往台中的电联车上，途中有人卧轨，我与一车子考生惊慌失措，深怕错过考试时间。与我一起坐车的是陪考的母亲，提着一袋削好泡过盐水的苹果与两把折叠椅。

我开始幻想，嗯，第一堂考英文，坐这班车的学生都可以加分。不知过了多久，火车开动了，考试时间没被耽误，我前往都市的梦想也没被耽误。

想起来，那次的卧轨事件后，我就考上台北的大学，离开了家乡。

如今，十年已过去。

字正腔圆又温柔的国语，把我唤回来。是返乡者。她拿着最新款的

---

① 法文，意为"似曾相识"。

手机，向电话那头报告卧轨意外。嘿，是对着都市里的男朋友吧！她又拨了另一通，用的是台语，是跟妈妈再报告一遍吧，语气里，独立大过撒娇，仿佛妈妈再多叮咛一句她就要噘嘴了。

我好像也该这么做。但多年来我已养成不向人交代行程的习惯。出门是丢掉，回家是捡到。对妈妈、对都市里的男朋友皆然。

但我是不是也常轻松自然地切换两种语言、两种声调呢？如同一根烟，可以切换城市与家乡的状态。火车动了，车上乘客有位好事热心且人脉广阔的中年人，大声说他去分驻所问了，车是从中间轧过去，人被切成三截呢！说是精神有问题的啦，呷安非他命①的！

返乡者娟秀的五官略略皱眉，眨了眨长睫毛，抿了抿嘴，戴上耳机，好似这样就把自己隔离在这些乡土事务之外了。

我也一样。我不知道返乡者听的是什么音乐，可能是王菲，可能是陈绮贞，但也可能是英国后摇滚乐团。我们彼此疏离，各自戴着耳机，MP3 里可能曲目各异。但我开始在心里跟你说话。

返乡者，你也跟我一样，十年前大学联考，就决定不管考几分都要

---

① 呷，意为吃。安非他命（amphetamine），是一种会刺激中枢神经系统的管制类药品。

从台北的学校开始填志愿，而且去台北一定要先去敦南诚品[①]吗？嘿，跟你说一个很蠢的，我大一还和高中校刊社同学跑去诚品前面喝啤酒，不睡觉，觉得自己这样就是文艺青年了。一年内跑完所有的地下音乐酒吧，酒量大概是那时练的。

我们已不是“孤女的愿望”[②]那一代，离乡背井不是为了投入经济起飞的年代，而是我们需要都市里的那些信息与资源。更浅显一点，我们需要那些配备：凉烟红酒、翻译小说、摇滚乐CD，更甚者，老外男朋友。

可我知道，潜藏在心中的我们仍是一个乡下小孩。放大来说，就像是土耳其作家到了美国，印度作家到了英国，成为英语流利、以英文写作、用英文上课的教授级作家，但他们毕其生探索的仍是那离散情结。他们写的东西就叫离散文学。

啊，对不起，我严肃了，返乡者。也许，你没想那么多。你只是轻松、自然、恬淡自适地，过你在都市与在乡下的生活，没有我那么磕磕绊绊，那么别别扭扭。我羡慕你，真的。

火车到站。从台铁站到高铁站，要经过一段不算短的走道。我总觉

---

① 指台湾诚品书店敦南店，台湾第一家诚品书店。

②《孤女的愿望》本来是一首日本曲，上世纪五十年代末由叶俊麟先生填写台语歌词，以一个初出社会的少女为主角，描写她对台北都市的憧憬，以及对工厂女工生活的期待。

得，这条走道，像在过渡着什么，因为穿越它之后，高铁站这头，就是星巴克、摩斯汉堡、乐雅乐、书店、Yamazaki 面包店，一切都市配备又回来了。

这些醒目明亮的店招出现，我就看不到返乡者了。我尝试着用目光梭巡一遍，未果。好了，我告诉自己，别再像个偷窥者了，就要回台北了，干净利落点吧。买好票，进入匣口前，我突然想到什么，想要印证什么。我提着大包小包行李，快速跑进便利商店，买了一包烟与一个打火机，再冲出玻璃自动门，到高铁站外的走廊吸烟区。没有。她不在这里。返乡者已消逝无踪。

我的一九八〇年代

1

那是你二十九岁参加一场名曰疗愈内在孩童的灵修体验营才发现的事。

你与一群人盘腿围坐，治疗师以轻柔声调引导大家回溯冥想：轻轻闭上眼睛，回到童年的那条路上。在混合印度梵唱西藏颂钵的音乐中，你感觉到周围人们开始低头啜泣或抽面纸擤鼻涕。恭喜，那代表你成功找到埋藏在深层意识里的童年创伤，正在借泪水洗刷疗愈。治疗师说，放开一切，让它出来吧，眼泪代表丰沛的爱。最后，大家会互相拥抱以守护住爱的源头。

而你，你发现了要命的事。那就是，妈呀！我没有创伤。你只看到自己顶着一九八〇年代最流行的日本娃娃头，傻不愣登地咧着嘴笑，手握甘蔗边啃边吐渣，跟在你哥后面，骑脚踏车或灌蟋蟀，堆沙堡或挖壕沟。你们游戏的场景之一是乡公所，因为你妈在那里捧铁饭碗，一捧三十几年。你跟你哥从托儿所下课就到这里来，玩到你妈下班。你在乡公所里认了五个干妈，每跑过一张桌子都有人叫你来画图折纸或吃糖。你们玩捉迷藏时当鬼的人就趴在国父铜像上数秒，连乡长的桌子底下都可以躲。乡长还是你外公的拜把。

音乐声止，慢慢把眼睛张开，把身体带回当下。你才发现更要命的事，妈呀你哭得跟牛一样。治疗师说，有什么问题吗？你举手问，我没有伤为什么还哭？那是另一个生命课题了，治疗师带着一抹悲悯而诡异的微笑说，我们留到下一堂课。

2

我一直记得我学会写名字的那个夜晚是星期一。

哪一年哪一月哪一日，不记得了。我五岁或六岁，那么，父亲就是三十二或三十三岁。记得星期一，是因为那天臭豆腐会来。一对夫妻骑着电动三轮车，沿着小巷叫卖，老板会拿着麦克风，喊：臭豆腐——

三合院老家的客厅里，爸爸摊开哥哥没用完的小学数学作业簿，一页有八大格，教我一笔一划地写在格子里。三个字，整整四十一划。笔划好多，好难。我依样画着，一边撇、捺、点、勾，一边竖起耳朵注意听臭豆腐来了没。

因为，爸爸说，学会写名字，等下就买臭豆腐给你吃。

那个晚上，为什么客厅只剩下爸爸和我两个人，妈妈、哥哥跟妹妹去了哪里呢？以及，后来，我真的吃到臭豆腐了吗？

我全忘了。千真万确的是，我在那个晚上学会了写名字。那是我小时候难得一件可以拿出来说嘴的事。

3

八〇年代，正好我一岁到十岁，从出生到小四，与同学每天排路队回家，边走边唱。

我那十年与“优秀”两字完全无关，叫我写作业不如去给阿公报明牌[①]，每天上学能把该带的东西带齐我妈就很阿弥陀佛了。

小一到小四，只有两个字能形容：脱线。再加两个字的话，就是：很皮。

小一上课时和旁边的小男生比赛，谁可以把铅笔削到最尖。两个人四只小手在桌底拿着铅笔和小削铅笔机奋力转着，结果老师走过来，我赶紧把手上东西往抽屉一塞，那好尖好尖的笔芯，直直刺进手掌里，断在里面了。

---

① 即预测彩票号码，起源自台湾流行的“大家乐”彩票。

在学校怕被骂，不敢说，回到家手掌周围都肿了，让妈妈拿针慢慢挑。我一只手给妈妈，一只手拿一本图画书，架在膝盖上看，很痛，但不敢叫，不敢哭，不敢缩手。好奇怪，那时就有一个执念，我只要很认真很认真地看书，就会忘记痛了。

但我只有一只手空着，书翻得东倒西歪，便把还在念幼儿园的妹妹叫过来，帮我翻书。妹妹似乎也觉得这差事很好玩。我看完一页，说“好”，她就翻，偶尔发表意见：“真的吗？哪有看那么快？！”灯光下，三合院，母女三人，这就是我最早的阅读记忆之一。

升上小五，第一次月考，不知老天闪过一道什么光，我考了满分六百分，一题都没错，第一名。老师、同学诧然，同时把我的生命画了一条线，归到好学生那边。

从此以后，我有如进入罐头生产线，这就是另一个读前段班、考第一志愿省女中、国立大学的讨人厌的好学生的故事了。

4

长大后进入所谓文化圈工作，听过几位外省第二代前辈说，他们共同的童年记忆竟有一幕是躺在一叠叠未裁切的钞票上睡觉。因为，他们的父母在中央印制厂上班。
如果说，我的童年也跟什么“厂”有关的话，那无疑是“羽田机械车厂”。

大概我出生后不久，父亲就到羽田上班，虽只是个基层员工，但当时福利应该很不错。逢年节，公司会发放日系、欧系百货公司的礼券，那就是妈妈和我们三个小孩最早“西化”的开端。第一次吃牛排、吃汉堡、买洋娃娃和乐高，都是因为要用掉这些礼券，更不用说家里的餐具了，都印有 Peugeot①的商标。

客观的数据是这么记载的：羽田在八〇年代初以组装法国 Peugeot 车起家，一九八三年起和日本 Daihatsu 签定技术合作协议，又开始生产日系车，但到九〇年代，因不敌其他国产车，在一九九五年倒闭。

很模糊的记忆，好像父亲还跟工会去静坐抗议过。而我一直记得羽田董事长的名字：叶林月昭。
有次父亲拿回一张公司颁给他的、可能是年度绩效优异或是员工运动会的奖状，他看着上面的董事长大名，摇摇头喃喃自语：“叶林

---

① Peugeot，即法国标致，世界十大汽车集团之一，以生产汽车为主，同时也兼营机械加工、运输、金融、服务业等。

月昭，难怪薪水越领越糟。”

5

八〇年代，忽有一夜，人声鼎沸，有人跑进跑出，吆喝着“中了中了！”中的是大家乐——让一干乡亲父老为之疯狂的赌博游戏。一夜致富的传奇不绝于耳，总是能听到，市场哪个卖猪肉的一期就中几百几千万，猪肉不卖了，开始在自家田地盖起楼仔厝。

一支签对，就中一部奔驰。一支签错，连老婆都不见。班上会有些来来去去的转学生。老师家长们耳语：跑路的啦。

那时没有名牌风，只听明牌的。

明牌在哪？在梦境，在路上，在所有非自然显像里。梦见蝴蝶是33，骑机车出门辗过一条蛇，要努力回想，那蛇是弯曲成0或6或8，被狗追被狗咬更不用讲，9签下去就对了。小小孩蹲在稻埕尿尿，水痕留下什么数字，小孩考试考几分第几名，都是阿公阿叔咸鱼翻身的关键密码。

在集体狂热中，脱线的我，不知为何成了明牌小神童。初时是被大人带到庙里等待乩童降乩拿毛笔鬼画符，从里面拆解数字，或是从香灰或白米看浮字。我一股憨胆，总是最快大声报出来。果真，说中好几次。学校的小学生储蓄日，我就带着这些分红的奖金，几百元几百元地存进去。好一阵，阿叔阿伯总会跑到家里来，问我：最近眼前有没有闪过什么数字？

然而，又忽有一夜，随着不知是何时禁了赌、退了烧，神迹不再降临在我身上。

王 功 重 游

你知道吗？长很大之后，我才知道，王功原来不是王宫。

小时候，你与我妈的两份薪水养三个小孩，我们连小康之家都称不上。记忆中你也从没开过什么好车，但一想起童年，却满是出游的画面。

当时还没有周休两日，在车厂上班的你，一个星期只有星期天不用穿卡其色的工作服。出游前，你并不会预告或号召，但我记得，当你开始热车，把椅垫拿起来甩甩，帮水箱添水的时候，我就知道，要出去玩了。

行前，你从不研读什么旅游指南。我们住在彰化正中央平原，出游路线有两条：一往东上山，从田尾连接田中，再到南投、名间、竹山、鹿谷；一往西下海，从田尾翻过高速公路上的陆桥到溪湖，再到二林、芳苑，王功海边。

我们没有目的地，你也从来不会说去哪边。玩法是这样：上山路上看见哪个路基可切下溪谷，便停了车，抓虾戏水；看见哪个观光橙子园正开放采果，便携了塑料袋，采得满车橙了，准备回家分送亲友。下海一途亦如此随兴，抓螃蟹、摘西瓜、找个海神庙烧香拜拜、吃片蚵嗲[1]，吃盘炒蚵面、返程必到溪湖糖厂吃冰。

在我小学三四年级的时候，中部旅游突然热门起来，一些大型游乐场度假村纷纷开业。九族文化村、九九峰、斗六天元庄、剑湖山游乐世界，大型广告牌在路上巍然高耸，打着：一票玩到底。星期一到学校去的时候，同学兴奋讨论兼炫耀，昨天我爸妈带我去了，好刺激好好玩喔。

可是，我一个都不曾去过。

出游路上，经过一座游乐场，我会偷偷观察你扶着方向盘的手，是不是准备打方向灯，但从来没有。反而是遇到游乐场周围大塞车，你会痛喊几声。有一次拗不过我妹吵闹，你只好开进游乐场，在停车场停下。收费的小弟马上过来，点了两个大人三个小孩五张门票，外加停车费，一共要收多少钱，正确数字我忘了，只知道，对当时一个礼拜零用钱五十元的我们而言，那是天价。

你一边倒车出游乐场，一面跟我妹妹说，我们有来过了喔。

---

① 蚵嗲是流行于福建、台湾西部沿海养殖蚵（即海蛎、生蚝）之渔村、港口市镇油炸类小吃。

多年之后，九二一地震，我参加大学社团的赈灾队。当游览车驶过同样一条路，看着那些因走山而倾圮败坏的游乐园，残破不堪的大型招牌，恍如隔世。天晓得它曾经是几双童稚的眼睛里，殷殷企盼的希望之托。

因为没有目的地名称，每当玩回来，要写日记的时候都问你，今天去的地方叫什么名字？你说就写“ㄇㄧˊㄥ间”[①]吧，我便写上，今天爸爸带我们去“民间”玩，感觉起来，好像我们一家是游走的鬼魂或天上的神仙一样。

或者你说，今天去的叫“王ㄍㄨㄥ”[②]，我就更理所当然写上，今天爸爸带我们去“王宫”玩。回想起来，王功海边，夕阳辉映下金光闪闪的沙滩，以及那之中你与我母亲尚年轻的脸，对我而言，的确就像座美好的王宫吧。

接下来，我们长大，时间流逝，如电影之过场。

我离家，念高中，读大学，考研究所，恋爱，工作。

你不再健康，提早退休，打胰岛素，洗肾，进出医院，气衰体弱。病榻上，你忽喃喃对我说，去考个汽车驾照吧。这句话，竟成为我

---

① 即拼音 mínjīan。

② 即拼音 gōng。

唯一记得的你的遗愿。

父后三年，我开车已平稳娴熟。这次，载上三两城市里的朋友，回彰化玩。我选择海线，循着童年的路，重游王功。

王功这几年变得极热门，渔火、夕照、景观大桥，童年梦土好像被文史工作室与旅游局规划过了一般，插上好几个说明广告牌，反而变得不再真切。

我找到抓螃蟹的沙滩，才知道螃蟹的真正名称叫招潮蟹，而沙滩也不是叫沙滩，叫做潮间带。海风强人依旧，游客多了许多。记忆中空旷的王功大街，竟也拥挤起来，多了便利商店，纪念品中心。大概是观光气氛使然吧。一时竟觉得路边一群群包着头巾戴着斗笠的挖蚵妇女，都像是展示了。

名产不可不吃，除了蚵嗲之外，王功开始观光升级，有哇沙米花生、养生面茶、红土地瓜。有朋友闹着要吃枝仔冰，我这神游到童年王宫的失职导游，才回了神，摆出地陪架势：吃冰，当然要到溪湖糖厂啊！

溪湖糖厂是许多彰化小孩沁香浓甜的记忆汇聚之处。糖厂福利社各种口味的枝仔冰、四四方方一块的冰淇淋三明治、或从冰柜里挖出的一大球雪白冰淇淋，数十年不变。在都市长大的朋友们，尽管第一次来到溪湖糖厂，都在这将时间冻结的福利社里，召唤起童年的单纯美好，拿着保温的保丽龙盒，兴奋挑选。

一位朋友看见货架上台糖出品的各式健康食品，便问大家，还记不记得小时候吃过的台糖健素糖？被这么一提，每个人都怀念起那一颗颗裹着彩色糖衣，像维他命丸的东西，恨不得马上抓一把放入口中。

架上什么养生黑糖、健康寡糖都有了，唯独不见健素糖。问了台糖柜台人员，得到的答案是，哦，后来验出来健素糖里的酵素，是给猪吃的，就停止生产贩卖了。

我们不禁觉得又好笑又悲哀。好笑的是，原来我们小时候都被当猪一样喂，悲哀的是，这童年难以忘怀的味觉记忆，竟就这样给猪吃了。

我跟着朋友们嘻嘻笑笑，心中却升起莫大失落。

你知道吗？那时，我突然感觉到，尽管我可以不断开车重游，但事实上，我离那条童年的路，已经越来越远了。

乌路赛

“乌路赛”是我爷的咒语。说出这仨字之后，他会自行消失。

每遇家族欢闹聚会场合，大家嬉笑至不能克制声量时，我爷会说，乌路赛。然后独自起身，走到外面，自觅幽静。当时没人懂日语，又听到一个“赛”字，以为大概是骂人的话，一屋子后生晚辈窸窣着——爷生气了。

乌路赛，日文的“煩い”，发音为うるさい，u——ru——sa——i。可以翻译成吵闹、啰嗦、烦人、麻烦，不是斥责或骂嚣，比较像现在少女们的娇蛮发嗔：你很吵耶！但从我爷那八十岁背脊始终直挺的老人口里说出来，没人会认为是在撒娇或装可爱。

偏偏大家族，乌路赛事特别多。村里庙会造醮扮戏要奉纳香油钱，我阿嬷说多添点有保佑，我爷说乌路赛。大年初三宗亲会办桌，我爷的三个阿姊两个小妹都要回来，送往迎来，我爷说乌路赛。远亲嫁娶要他北上喝喜酒、溪坎田地立了高压电塔租不出去、众孙女不断弄回小狗小猫来养，我爷说，乌路赛，乌路赛，乌路赛。

举凡劳师动众、荷包不保、影响我爷从容规律吐纳作息之情事，皆乌路赛。他是个持戒清净的隐士，也是个顽固番颠[1]的老人，两者合起来，得到压抑别扭的家族性格。不知从哪个祖宗遗传下来，毫无疑问的是，我也有传到。

也许，写作是我面对这个太嘈杂喧闹的世界，寻找脱逃咒语的方式。

① 意为“放纵、颠狂”。

爷爷与铁道的故事

1. 台铁：田中到台东

你一直都那么从容。

我看着你身绑滑稽红毛巾、背脊挺直双腿并拢地站在你哥的棺材前，心底突然浮现这句话。

道士念念有词，抓着你的手，两人合握一把铁锤在棺材周围东划一下西挥一下。这叫封钉。已经好老（七十七岁）的你，为更老（八十六岁）的你哥封钉。我好怕你会倒下去，好想冲出去说：我爷已经好老了，能不能换个人来执行这个任务。

可是你没有，你好从容。

你一直从容地，做每一件你认为就该这么做的细琐小事。每天回家之后，你从裤袋里拿出手表，把表面旁边用来调时间的小针拉起，一切静止，放入抽屉。出门前，你戴上老花镜，对着客厅大钟对时，调到正确时分，压妥小针，秒针发出细微滴答声，放入口袋，出门。

那是某一年农民节的纪念表，表带已斑驳磨损，循着塑料皮面的伪纹路龟裂。

该省则省，你说。“省”，一个字就说了你的一生。你连出远门都省，此生去的最远的地方是台东，而且就那么一次。
南回铁路开通那年，你住在台东的二姊生病了，你想去看她。你省麻烦，不劳师动众；省时间，一人上路最干脆；省力气，不过夜。你一早骑着金旺八十到田中火车站。上午八点的火车，下午一点抵达；看过姐姐，下午四点再搭火车回来，晚上九点多到家。心急你怎么消失了一天的我们，迎向前去问：爷你去哪里？你答：台东。

我们不信，赶紧打电话到台东求证。电话那头你外甥抱怨说苦劝你住下而你打死不留，两边叽哩呱啦，为你的孤绝行径感到好气又好笑。而坐在门口台阶的你，正悠悠地把脱下的鞋子排成直线，把脱下的袜子翻成正面。

2．高铁：台北到左营

你与你的金旺八十有个著名的笑话。
有天早上，你照例骑着摩托车上市场晃晃，安全帽照例放在摩托车篮子里。逛了一圈回来，安全帽不见了。第二天，同样时间，同样地点，你停好车，拎着新的安全帽进市场，逛了一圈回到原地。
摩托车不见了。

我不知道你和你的安全帽是怎么回到家的，只知道过了不久，你又买了一台新的摩托车，仍是金旺八十。仿佛换档是你生命中的一部分。

我哥、我妹与我小时候，都有过与你一起的摩托车之旅。去了哪里？说不出确切地点，也许只是游荡。
只记得如果中间停下来休息，必定是一棵老垂榕下的肉圆摊，推车朝外那面写着北斗肉圆，在斗与肉之间，有个圆圈起来的字，可能是“火”，可能是“生”，可能是“瑞”，代表正字标记。我学你跨过椅條[①]，专心用木叉子，戳着浅盘中滚烫的肉圆。你会为自己点一块油炸的蚵嗲、碎韭菜与碎蚵仔揉成的扁面饼，再蘸很多酱油膏。

有时，你会到了某某代书[②]的家。我才知道，你逍遥的工作叫作“中人”，也就是现在的中介。原来你在时速二十的摩托车上，目光正扫过数片田地，从中斡旋买卖，赚取佣金。我到现在仍想不透：这

① 藤、竹制成的靠背椅。
② 指以代人撰写禀帖、诉状、信件等为业的人。

是木讷的你能做的事？但你似乎做得不错，从代书家里走出来时，我也总可分红。

我哥、我妹与我长大了，你照常一人上路。有次回家，我问：爷你现在都去了哪。你很认真地说：去看高铁建到哪里。仿佛是七十年前日本老师交代给你的功课。

很快，高铁横过我家邻乡的平畦沃野，通车了。我邀你从台北坐到左营。你说——很认真地说：我宁愿坐新干线。

3．新干线：东京到京都

我去坐新干线的时候，没有告诉你。因为那时，距离你的长子，也就是我爸，过世才一个多月。而我更早以前买的优惠计划机票，已经要到期了。我不认为非得浪费一张日本来回机票才能表达丧父之痛。所以，一个人，静悄悄地上路了。

最痛苦是，回来之后不能马上围着你团团转，告诉你，你那个魂牵梦萦的日本其实是怎样怎样。

你的晚辈们都知道，想讨好你孝敬你，唯一的方式就是到台湾的日本超市或进口水果行，买所谓的日本苹果给你吃。而你往往浅尝一小片，留下一句：这不是日本的，就自顾自晃荡去。但大家还是义

无反顾地买给你吃。如果听你说一句：这像日本的，大家就像通过美食家五星鉴定一样开心。

最上心者为住台北的大表伯母，苹果之外，还有铜锣烧、仙贝、羊羹以至森永牛奶糖（认明要大颗的）。

但是当大伙说起带你去日本，你的回答总是，我昨暝去过咯[1]。

大家便起哄，要学过一点点日文的我，去认识个日本男生，嫁到日本去，这样举行婚礼时，就可以拗爷爷去日本了。

俗得很，我知道。但我到达东京，第一件事就是到超市买一颗所谓的日本苹果，帮你考察，是否真的酸甜芳香口感绵密无他能及。其实，好像没差。但我还是到一百圆店买了削皮刀，东京、京都、姬路、奈良，见超市就买上两颗苹果，止饥解渴外，也为一路吃下来几无绿色配菜的丼饭[2]，加一点维生素。

在新干线上，不买感觉只装了薄薄一层饭的冷便当，只吃苹果。我悠悠地削着苹果皮时，总有意无意地扫视车厢，在一堆神色严肃翻着《朝日新闻》的日本白领中，寻找假结婚的可能。

① 意为“我昨天去过了”。

② 即盖饭。

4．JR：京都到奈良

我五岁。你告诉我，明治是1868年，大正是1911年，昭和是1926年，你知否？

你用樟树叶柄，把这几个数字，画在泥土上。

我手里拿着石头，往樟树的浆果槌去，籽与果浆溅开来，飞上鼻脸。

你用一片樟叶帮我揩去，我从此记住了那清香的味道。

以上上半段，其实是我数年前虚构出来的，一对祖孙的乡土教学片段。当时一腔政治正确，以为以此开头能写出浩瀚的新历史小说，但是不知何故，无论如何写不下去了。

和你之间，从小到大，有关数字的对话，真实版本其实是这样的：

这期开几号？啊你有中吗？中三星的喔？特仔尾[①]咧？

你是我看过最节制也最优雅的赌徒。你把每期六合彩中奖号码工整地誊写在我们没用完的国中作业簿里，圈点画记，每日端详，看出机率，小签数十数百元，也经常小赢个数千元。我兴来会帮你算，果然算得准。后来乐透当头，家人或买着玩，就我们爷孙俩不跟，忠心跟随传统组头。

① 台湾六合彩中奖方式之一。

不过，关于植物的记忆是千真万确的。小时候你告诉我，日本人把明信片叫做叶书，把字写在叶子上。我们一起把好多片玉兰叶放到排水沟，等沟里的蛆把叶肉蚀尽，就变成叶脉书签。我们一起走过的田埂不计其数。

或许是这样，到京都后，我竟然从名园古刹里岔开，寻找稻田。

京都往奈良的 JR 电车上，经过好多山城青谷、山城多贺等小站。据我看料理东西军[①]的心得，这种地方必定有一望无际的稻田，蜿蜒小路尽头必定住着会种出萝卜西红柿等食材的老农夫。

我拍下照片，不禁觉得好笑起来。

5．京沪铁路：上海到北京

时势所趋，当你过了七十岁，你的一个女儿与一个儿子为谋生都去了大陆。你女儿我姑在上海，你儿子我小叔叔在厦门。因此，这几年年夜饭的餐酒总有长城干红或张裕解百纳葡萄酒。大家每年起哄，明年到上海或厦门过年吧，至今没一次成行，原因在铁齿的你。

后来，我也一次一次西进，旅行或工作。大部分是夏天，大部分是

① 日本电视台以搜索日本美食为主题的美食节目。

上海。上海的夏天最吓人。一开始，我兴致勃勃地跟着姑姑搭公交车南征北讨，到毫无遮蔽的名牌仿冒胜地襄阳市场，顶着大太阳厮杀。但称不上血拼，只是跟小贩们演起"明明就是三十块的东西你要先开到三百块然后再摇头叹气降到一百块看我转头往前走再把我叫回来说好啦好啦"的戏码。我演得不太入戏，而且常会 NG，杀价到一半就晃出一张百元钞票，宣告破功。真正专业的买家，要到最后一刻还穷酸地捏着皱巴巴的十块二十块纸钞，用听不出口音的声调说：就这么多了，卖不卖？

上海到处是这样的游戏，玩久便腻。

于是，它变成我一个极舒适的中转站。待在姑姑家里，有如回彰化老家。姑姑与我兴起会打电话闹你，问你：在一大群后辈里，你最爱谁？通常是得不到答案的。你只是笑，有时再加上一句：谁给我钱我就爱谁。

偏偏我的钱留不住，就像在一个地方待不住。在上海一阵子，就搭个公交车到火车站，坐上直达北京的卧铺车。晚上发车，醒来之后就在北京。几个清晨，我走过人潮汹涌的北京车站广场。

那时我知道，已经离你很远了。

6．平溪支线：菁桐站

每次要拗你出远门，大家就开始下注：爷爷最后会不会去呢？每次都没有例外，都是压“不会”的赢，玩到后来没人要玩。
但是这次，你竟然要来台北，喝你外甥的儿子的喜酒。据说是你外甥的四个小孩不眠不休接力夺命连环 call，请动了你。

我翻出一张夜市买来的美空云雀精选集 CD，放在车上备着，心想，说不定你会钦点说要坐我的车呢。
结果没有。

我想你应该会来我的石碇新家，便规划起观光路线，想着怎样让你与我阿嬷有吃有看有玩，又不会太累。人满为患的深坑老街对你而言实在太拥挤。第一想到的是石碇与平溪之间的菁桐站，那边保留了日本宿舍群。很多你与我阿嬷爱看的乡土剧，就在这些日式木屋里取景拍摄。改装民宿亦取“东京”“北海道”这样的名字。我打算在这里帮你拍张照片，用来骗人说我带我爷去日本了。

结果，你来了，但是没有机会出去走走。因为一听到你来台北，所有在台北的亲戚，都大惊小怪直呼“哇！要中乐透了”，前仆后继地要来我家看你——包括你身体硬朗的九十岁大姐，我的大姑婆。

我家很快挤满了人，有如过年。大家看着你就很高兴，不期待你会讲话。一屋子人自己聊起天来，而你只是坐着、站起来、推纱窗、关纱窗。一个人坐在阳台板凳上默默抽烟，如是动作一个下午重复好几次。

终于有人起哄：走走走，去深坑吃豆腐。我在心里跟自己打赌，你不会去。耶，赢了。你催促二叔送你回他家睡午觉，于是我送你们下楼，说再见。

我害怕这是你最后一次来台北，上楼一途泪流满面。

辑三　一个人住好多年

终于知道有很多事情，
不是丢掉、送走、分手、不再联络，
就可以解决的。

有了牵挂，一切就输了。

永和味

大龙对我说，姐姐，这些一车真的装不下好不好？

大龙是专业搬家工。当然我不是他的姐姐。这边的“姐姐”是用来表示服了你、拜托你、求求你的意思。通常以“姐姐”开头的句型，都会用“好不好”结束。

例如，将近十年前，我哥也这么对我说过：

姐姐，这些书真的很重好不好？

那是七月四日，大学联考结束的隔天。我从住了三年的学生套房搬回家里，然后等待成绩单，等待分发，等待命运把我送到哪一个新城市。我第一次知道，什么叫作把生活痕迹连根拔起。清空屋子，缴回钥匙，拿回押金，关上门，与这个屋子永远不再有任何关联。

高中三年，除了少量的日用品与衣物，家当只有书而已。我连打包都省了。看着手脚利落的哥哥，一趟一趟把房间里的东西啪嗒啪嗒往借来的九人巴里叠，感觉虚弱。我从小对灰尘过敏，正好顺势缩成一个逊咖[①]，在旁边抽着鼻涕揉着眼睛，拍打不断冒出来的红疹。多年之后我知道，那种虚弱，不是乡愁，不是舍不得，而只是告别。告别的力气太大时，产生的反作用力让人虚弱，但它很快就会随着搬到新地方而结束。

回家卸下日常物资，原车载着那座功成身退的书山，直驱回收场。书山主要由名为“大同信息”的函授教材堆成，九〇年代它在中彰投地区叱咤一时，堪称前几志愿良药。回收场阿伯一看，也知道用小秤子分次称会称死人，遂指挥哥哥把车开上地磅，称第一回，再把所有的书卸下，称第二回，两回数字相减。就这样，用曹冲称大象的方法，得知我一共念了一百公斤的书。废纸价格一公斤一块钱，赚到一百元。哥哥载我到夜市外带了一份牛排。高中三年的外宿生涯，以一客夜市牛排作结。

后来听住在市区的同学说，他们把参考书拿到旧书摊卖，暑假玩乐的费用都有了。我吃一份牛排就吃光了，那又怎样？

这个故事告诉我一件事：凡丢弃的、错过的，不再追悔。

---

① 意为“没技术，没能力，做事很逊的人”。

接着，我住进这辈子住过最昂贵的地段，台北市大安区。师大路六人一室的宿舍，上面是单人床、下面是衣橱与书桌，六张书桌摆六台巨无霸计算机，冬天正好当暖炉。夏天六张床上只得再摆上六台小电扇，有时翻身一脚踢飞电扇，热醒了，再爬铁梯下床捡上来。床沿栏杆为多功能晒衣杆，房间里永远都有将干未干的洗衣粉味，在床上看书听音乐，门口有人来找，拨开几层衣服探出头来，不足为奇。最要命的是门禁，十二点大门一扣，只有选择按铃叫醒凶巴巴的舍监，签名盖印，让远方的父母收到一张贵子弟迟归的通知单。或者流落街头。

大我们几届的学长 A 与 W，在对岸永和租了房子。文化路巷子里的顶楼加盖，成了一群半夜不回宿舍的孤魂野鬼的收容所。学长们常常领了家教费，在冒着白烟的米粉汤摊子精确地切出一盘盘嘴边肉、油豆腐、大肠粉肠肝连，佐很多很多啤酒，打屁嬉闹直到凌晨。

有次，音量过大，邻居报警，警察站在楼下按电铃。结果，顶楼加盖哪有电铃，警察大概选了最高楼层那颗按下去，毫不留情的一长声，换来睡眼惺忪的阿桑往窗外喊：不是阮啦！是楼顶的学生仔啦！我们憋笑憋到快得内伤。

在永和，作为一群无赖是这么快乐。

终于我也有了外宿权。升大四的暑假，与社团同学合租得和路上的四楼公寓。这时，我已经不怎么虚弱了。在板桥、土城、三重等多处做家教，练就了我开机车的本领，搬家就用机车一趟一趟地载。

那个暑假，台北市开始实施垃圾随袋征收。听说很多台北市民会在半夜，把家里垃圾运到对岸去丢，遂多增一临检项目验垃圾。偏偏我的搬家利器就是大又黑的垃圾袋。有次，在永福桥正中央，我被警察硬生生拦下，垃圾袋被打开来检查，里面有一床冬被、衣架、计算机磁盘、键盘、鼠标——花花绿绿的，看起来的确也很像垃圾。

安家落户完毕。楼下一边是六合市场，另一边是全台湾生员最多的小学，清晨两大阵营噪音轰炸，不胜其扰，还浪漫想着：好有永和味啊。

这时，对家的称谓，越来越暧昧。接电话被问在哪，回答我在宿舍，对方会说，你不是搬出来了吗？如果回答，我在家，对方会问：你回彰化了喔？
后来，干脆一律说，我在永和。

后来，A 与 W 一个要去美国，一个要去英国。我们在桥下的河滨公园帮他们送行，用歌、酒与花火。喝到半醉，点仙女棒玩起三个愿望，我说，我要永远自由。马上被打枪，你也太贪心了你。

我那时想，很快，有一天，四坪分租雅房中的书柜、书桌、床、衣服、书，都会被压缩成一只箱子，我会像 A 与 W 一样，从这个小市镇飞出去。

结果，我只是在这个小市镇里，把家当从十个箱子变成二十个、三十个箱子，慢慢成了一个人要用十二个杯子、八组床单、六双室内拖鞋的那种女生。我带着这些箱子，从福和桥边搬到永福桥边，再搬到中正桥边。

永福桥边的永和市公所商圈住得最久。我住过永贞路巷子和福和路上的老公寓。那时编剧朋友也搬到永和，与我住得很近，近到我想是每次台风过后，我听到小区广播传来“永福里办公室报告，停在桥上的车子请开走”声音时，他应该也能听得到。

他住在中兴街巷子里的顶楼加盖，因为搬来时很穷，家徒四壁，幸而一壁涂成地中海蓝，添了一点文艺青年气息。等到不那么穷的时候，我们经常去竹林路吃小火锅。

后来社会学研究生朋友也搬到环河东路。在南京东路住好几年的他，还不熟悉左岸的光影，天天拿相机测着堤岸的天光。他的心得是，永和连诚品都有永和味。

我们这些永和租屋族，唯一认识的永和人都是我们的房东。与房东们交涉，锻炼了我们在社会打滚的本领，见识了社会人心的险恶。第一类房东大多是奉公守法的公务员，或是经济起飞年代举家北上的中南部人，经过半生劳碌，终于有了第二户有电梯和管理员的房子，就把旧房子出租——这是最单纯的房东；另一类则是不知何处杀出的势力财棍，签约时笑脸盈盈，之后漏水不修，约满时押金东扣西扣，打死不退，或者突然要卖房子，请我们提早搬家。

我在永和每隔半年到一年搬一次家，看红纸招租广告牌竟成了习惯。就算没有找房子的迫切需要，竹林路网溪国小前、永贞路美丽华戏院对面、保生路太平洋百货斜对面的广告牌，走过路过我也总不会错过，以备不时之需。
住在永和的五六年里，我只有少数的时间在通勤上班，大部分时间，就在永和乱走一通。永和巷弄如迷宫，走都走不完，走路时，抬头看看哪家贴租，竟也成习惯。

常看到哪家阳台摆满漂流木装饰，我在心里喊：哇！艺术家；看到哪家整面玻璃窗外推，麻纱窗帘若隐若现：哇！豪宅；看破破烂烂一排眷村式二楼公寓：哇！好有 fu[①]。

① 意为“好有感觉”，fu 由 feel 演化而来。

交杂错乱，拼贴无序的永和，造就出我抬头转头随处可“哇”的本事。

在永和住久的人，方向感也会变得特别好。一旦分得清楚永和的中和路，中和的永和路，永和的中山路与中正路，中和的中山路与中正路，在这世界上，大概就不怕迷路了。

我在永和住的最后一站是环河西路小区大楼的十七楼，搬来迁去，终于住到所谓河岸第一排，但阳台的 view 并不正对新店溪，而是朝内、正对永和全景。密密麻麻挨挨挤挤的四五楼公寓，家家户户顶着红色蓝色铁皮屋顶，清晨巷弄里有传统早餐店传出的豆浆烧饼味，半夜平价快炒海产摊有被打出来上救护车的兄弟。永和味。
然后，我又要搬家了。这次不一样的是要搬出永和。

前面几次搬家，因为没钱，路程又近，可靠好用的搬家工都是妹妹、学姐、学妹的男朋友。如果是自己交往很久的男朋友，大概会为了冰箱里稀烂的一块豆腐乳要不要丢而吵架，而交往不久的男朋友会发现“妈呀，原来你这么邋遢”引发分手，会拖累搬家进度。所以，别人的男朋友用不完。搬完家，请吃饭喝酒，也算新居志庆。

但不知道是不是我带衰[①]，帮我搬过家的这些男朋友们，都纷纷与他们的女朋友们分手了。新男朋友们上任前大概没有交接到“每半年到一年不等帮衰小刘梓洁搬家”这项任务，于是，专业搬家工大龙和小龙就出现在我面前了。

他们两个都属龙，阿美族的大龙三十岁，泰雅族的小龙十八岁。自我介绍之后，大龙环顾屋子，然后对我说，姐姐，这些一车真的装不下好不好？

最后，好心的大龙小龙帮我载了两趟，不加钱。我的家当装了两辆三吨半的卡车。送走他们，不自觉地哼起送 A 与 W 出国那年夏天，我们在桥下唱的歌——陈升的《一百万》：“外头生活若未快活，就要赶紧、赶紧转来咯。”

---

① 即指带着霉气，连累他人。

一个人住好多年

1. 俗辣

你是个宅女，这是命。

跟我说这句话的朋友是个宅男。他用MSN把这句神谕丢给我。我们稍早一点的对话是：他打上“今天只说了一句话‘一个锅烧面’”，我回他“我今天自己煮面所以一句话都没说”。

是的。宅女自己煮面并直接用单柄小锅子吃面，因为反正一个人吃，没必要多洗一个碗。宅女喜欢看大润发和家乐福的DM，会花一小时坐两段公交车去IKEA，买一块砧板，再花一小时坐两段公交车回家。宅女一个人看电影，进场前会祈祷两边座位不要坐人。

宅女最好的朋友叫宅配。

她们是牛尔爱美网和博客来网络书店的忠实买家，不过你以为她们就不出门吗？宅女花在离家最近的屈臣氏、康是美和顶好超市的时间可能比家庭主妇还长，很清楚楼下的全家便利商店什么饮料第二罐六折。

就算是偶尔去酒吧的Lady's night，宅女也会变成帮姐妹们顾包包，自己跟自己默默干掉一杯又一杯的那个人。

宅女喜欢猫，一次养两只，因为它们会自己玩。宅女的习癖莫衷一是，因人而异，唯一的共同点是不怕孤独，喜欢一个人生活。

我发现自己的宅癖，是在住六人一室的大学女生宿舍时。有次睡过头，五个室友都上课去了，我还在房间里东摸西摸，穿着一件小熊睡裤——宽松的裤头、柔软的触感、还带着被窝的余温，我就是不想脱下它。那天，因为不肯放弃一人独据房间而且不用梳妆更衣的机会，我决定逃课。那天做了什么，已经忘了，但反正绝不是修电器或打电玩。

宅，不过是一种癖、一种瘾、一种你守着它便会觉得心安的嗜好。宅女没有社会适应不良，不是冷漠退缩，没有社交障碍，你可以说她比较闷骚、比较慢热。我另一个朋友听我说，宅性发作时，我连跟邻居同乘电梯，都拜托谢谢最好不要。

他回答，那不过就是俗辣[①]嘛。

其实，我完全同意。

---

① 俗辣，即指外强中干、表面上可能很凶悍的纸老虎。

2. 鲨鱼夹

鲨鱼夹，顾名思义，是一种有着两排如鲨鱼锐齿般的女性发饰，使用方法为张开夹子的大嘴，对准收拢好的头发放手，便觉耳颈肩背一阵凉风吹拂，神清气爽。网络曾流传一篇文章，写着男人对老婆头顶常年夹着鲨鱼夹感到不耐。在此我要主张，对女人而言，拥有一支坚固耐用的鲨鱼夹，可收身心安顿之效。

想想，每天早上醒来（脸上可能有愚蠢的泪痕），挽起披散乱发，夹上鲨鱼夹，一切衰颓糜烂便烟消云散。加班夜归，踢掉鞋子，开罐啤酒，将鲨鱼夹往脑后一夹，那鲜艳招摇又增添几分快意豪气。原来，撑托住你的生活的，非多情多金的男人，而是那支对你不离不弃，始终尽忠职守张嘴紧咬住发根的鲨鱼夹。

为什么是鲨鱼夹，而不是其他发夹发圈发带呢？首先，鲨鱼夹通常色泽明亮体积庞大，所以即使睡眼惺忪心慌意乱，都很难找不到；其次，鲨鱼夹能屈能伸，无论薄直离子烫或蓬松大鬈发，一支搞定；并且，鲨鱼夹多为塑料材质因此不畏风雨，洗澡必备。然而，这番便利实惠，却非闺中密友不能分享。因为鲨鱼夹、小花浴帽，就跟小熊睡裤一样，都属家居良品。不须跟普通朋友讨论到哪里买鲨鱼夹，就像不会讨论到哪里买卫生纸一样。

我家的浴室便长年摆着我的鲨鱼夹，它的好朋友是小花浴帽，都是我从市场的“每样十元”摊上买来的。这个“每样十元”摊，是个神奇的地方，它专卖小姐太太用的美发用品。健康按摩梳、蕾丝大朵假花长夹、成穗亮片的发束、一整包小黑发夹，以及各种大小颜色的鲨鱼夹，都是十块钱。摊位上，一块A4大小的牛皮色瓦楞纸板，写着：真的每样十元，不要再问了。老板娘腰围霹雳包[①]，头上跟衣服上夹满红黄绿等色的鲨鱼夹，太太小姐们挽着一把葱一条鱼，就在窄小的摊位上挑选起来。第一次面对这琳琅满目时，我拿起一个鲨鱼夹，下意识问：有没有黑的？老板娘爽快答曰：小姐，人生已经是黑白的，不要再什么都要黑的了啦！这警世名言，让我决定投入花花绿绿的采购行列。

如果不用鲨鱼夹，下场会如何呢？有位出门睫毛必卷翘、高跟鞋必尖窄的女性朋友，终于成功把一名西装裤必笔挺、发雕必全天保持的型男带回家。她进门后的第一件事，是冲进浴室把鲨鱼夹往窗外一丢，待她满心欢喜淋浴时，只好把套在漱口杯上的橡皮筋（服了她大小姐有这种习惯）充当鲨鱼夹，用完顺手晾在挂钩上。于是，当型男呆瞪着上面还缠着一根棕发的、静静滴着水珠的土黄色橡皮筋时，门外的那傻大姐心里亦滴着血。

---

① 即腰包。

我不禁为鲨鱼夹感到欣慰，原来还有比它更被觉得可耻的东西，叫做土黄色橡皮筋，也不禁要向男性朋友们呼吁：请爱护你的情人，及她的鲨鱼夹。

3．烤肉夹

请按钮取票。

有一阵子，我非常害怕听到这五个字。它会从冰冷的停车场入口取票机里传出来，直至栅栏升起。刚拿到驾照时，我无论如何都按不到钮，取不到票。有时摇下车窗，伸出半个身体，侧边伸展到极限，勉强到手。有时上述努力只是做白工，仍得开车门，下车取得，再上车。如此过程，都不算可耻。可耻的是，后面来车会一直按喇叭兼看笑话。

我想到，可以在车上随时准备一支烤肉夹呀。想象，一台等着被看衰的新手驾驶车，伸出一支烤肉夹，按钮，取票，轻松过了闸门。如此妙招，简直可以请《生活智慧王》或《美凤有约》来采访了。结果，就在我开车要去大润发买烤肉夹的那天，我竟可以分毫不差地接近那台机器了。

这支无缘的烤肉夹教会我一件事，那就是，世上真的有勤能补拙这回事，不必天天想着出奇制胜。

猫咪日记

1

威士忌来时一直喵不停。

日也喵，夜也喵。计有：喵、喵呜、呜、喵伊呜、喵伊呜呜呜等长短不等。三个半月不是发情吧，声音也不可怕，只是叫不停。
我四点起来一次、九点起来一次，真的像新手妈妈照顾婴儿。是肚子饿吗？喂他都不吃，罐头摆着，我人要走开，多看一眼就喵伊呜，但也吃两口就不吃了。是，尿布湿了吗？他都有用猫砂。是找人玩吗？我一轻轻接近，他缩得跟老鼠一样。
我怎么办？
我跟着喵。

我喵的时候他故意不回，听我放弃走掉了，就开始喵。或是我故意不喵，蹑手蹑脚蹲过去，就看到他屏气凝神的紧张样儿。
现在他安家落户的地点是 DVD 播放器后方，那个小小的，充满各色线路的角落。我为他铺好的小床，是一个真心换绝情。

第一夜，我在喵呜喵呜声睡着时一直祈祷着，奇迹发生吧奇迹发生吧，明天早上醒来他睡在我旁边。

当然没有发生。

网络文章说得好，要这些当过流浪猫的大侠侠女们，变成为了两粒猫饼干就把肚子都翻过来给人摸的家猫，是太勉强他们了。

所以养猫前两天，我完全感受不到，这屋子里有另一个生命与我共存。因为看不到、摸不到。不过，至少，喵得到。

某些程度我想我和威士忌是一样紧张的。原来屋内不只多了一个人会不自在，连猫都是。当我煮咖啡、热汤、上网、看书，总觉得有某种怪异的感觉在心底搔，挺不舒服。可能是自己为自己找来的羁绊与牵挂。光洁的地板多了一座猫砂屋、一盆饲料、一盆水，一只叫起来让我神经紧张的猫。

我还是想把这些克服过去，如果最终彻底失败，再断定自己欠缺天赋，不再养任何小动物。

几天之后，威士忌找到他最自在的地方了，就是计算机主机上方。他还会从键盘架的缝隙钻出来，在我对面跟我一起打键盘。鼠标线的摆荡也很能取悦他，他喜欢抓我外套上垂着的拉链头，钻睡裤的宽裤管，钻我的脚与拖鞋的空隙，用鼻子顶我的手。

以上，听起来很完美吧。然而，他在做这些动作的时候都是不停地高分贝的张开嘴大叫。最后，什么也不玩了，在距离磁砖一格的位置，明显针对我，喵呜大叫。手过去也不顶了，甩甩头用鼻子哼我，背过身去狂叫。

这是凌晨三点半。我又累又困，他意气风发。

于是，我把猫砂屋、食物、水搬进书房，然后像地震逃难一样带着一杯真的威士忌、手机、新鞋逃进卧房，把书房让给他（我怀疑真的逃难我也是带着这三样东西）。当下决定，这是最后一晚了，分房睡，各自想清楚，待天明咱俩好聚好散。

结果，这一夜，不知道是否威士忌也在认真思考去留，还是刚刚叫累了，竟然一夜安静无声。我竟也睡不着了，卷着被子起来，贴门板听，果真一点动静都没有。我缩回床上，从脚底的寒凉感到气温正一点点一点点在下降，难道是自己推开窗户，跳下去了？喝完威士忌，眼睛热热的。不知不觉累到睡着。

早上起来，蹑步轻声开门，威士忌发出一声呜。原来他一直都在主机上方，趴在调制解调器上。又怯怯喵一声，好令人心软。趴过去和他讲个不停：你好乖喔，你昨天都没叫耶，小威猫最可爱啦，威宝贝是马迷的小天使耶。

我还在陶醉，威士忌忽往外一扑，直奔客厅中央地毯，恶魔叫声再度铺天盖地。

没辙了。

打电话去他的娘家——“流浪动物中途之家”求救。爱心妈妈说，他本来的青梅竹马，一只玳瑁（介于咖啡与黑）母猫，也哭了好几天。

我带去威士忌的时候，两只小猫抱在一起睡觉、互舔，一片安详。他们差不多时候一起被捡到，看不出是不是同一窝，但是姐姐跟弟弟感情很好。没想到被迫分开之后，各自成为小恶魔。唉，家庭破碎对子女性格影响之大。

爱心妈妈问，你想把这只也接回去吗？

我心底有一块东西卡卡的，威士忌的叫声仿佛在另一时空。

我可不可以把这只送回去？我以为我会这样说。

可是没有。好。

我说好。

嗯，我回想那只咖啡色与黑色夹杂的小母猫，眼前浮现出一杯咖啡酒 Kahlua。好，就叫卡鲁娃，小名娃娃，适合女生。

爱心妈妈说，这只会比较温和。

我说，我知道。卡鲁娃比较温和，我知道。

两只猫团圆。一个人两只猫的生活开始了。养育问题安妥，现在迈进第二阶段：教育问题。

俩猫随着越来越熟悉环境，体格越来越壮硕，破坏力也越来越强。跳上跳下冲撞毫不眨眼，彼此敬畏的热身期也结束，三方的考验再度形成。

威士忌会把小盆栽里的黄金葛连根拔起，拖着跑。早上起来，地板上全是土。好，从今天起，家里不再摆盆栽。卡鲁娃会去偷梳妆台的棉花棒，一不小心，全部散落在地上。好，马迷会把棉花棒收进抽屉。

终于知道有很多事情，不是丢掉、送走、分手、不再联络，就可以解决的。有了牵挂，一切就输了。

2

小宝贝，有一天你是不是会想起来，马麻带你去把蛋蛋喀嚓那天，是个雨天。

在一场雨和另一场雨之间，马麻提着笼子走上斜坡，一路你一直喵不停。到动物医院时，有一只因为剃毛而染上皮肤病的丑陋的金吉拉，脸如被轮子辗过一般扁平，而且很凶。医生为了摆平他和他有点啰嗦的主人，我们一起在长椅上坐了很久。

马麻从笼子的缝隙跟你说悄悄话：“那只猫好丑喔！”你也悄悄喵，有一点点沙哑，像你爱睡觉时的喵。

终于轮到你了，连医师都赞叹连连，你真是太善解人意的小猫。打上麻药只是无辜地看着马麻，轻呜一声失去知觉。医师把你抱到手术台上。你四肢软趴趴，医师用绳子固定你的手脚，帮你把嘴撑开，拉出舌头来。马麻很没知识地问说：是怕被去势羞愤之际咬舌自尽吗？医师说是怕舌头塞住咽喉，不能呼吸。

看你四脚朝天露出雪白肚子，半翻白眼，吐舌，蛋蛋周围的毛被剃掉，我已经有点受不了，越站越远。

医师拿出刀剪，问马麻：“你敢看吗？不敢看的话就外面坐一下喔。”马麻吸了一口气，点头。看你蛋蛋被切开，挤出两粒——嗯，睪丸．马麻依稀听到噗叽两声。

缝线。医师说你睡得很沉，恐怕不会很快醒。结果一下子你就开始划水，医师说这是退麻药的过程。你手脚挥舞着却仍然没力；你尽力地想清醒，想抬起头又倒下。你成功抬起头的第一个动作是和马麻鼻子顶鼻子，然后便无力地把头挂在马麻肩膀上。医师说我们可以回家了。

回家后，你被隔离在书房。如医师所说，你会跑去躲起来。你躲在每次有客人来你必躲的计算机主机后面，瞪大了眼睛。马麻出门办事回家，你还在同一个地方。我抱你出来，结果卡鲁娃姐姐不认得你的味道了，一直对你哈气。你仍憨憨地过去，娃娃伸出爪子，我才把你们又隔离。

你在门缝喵喵叫。我不忍心，开门。娃娃又一阵哈气挥爪。你仍绕着她转，直到我把你抱进来。你露出“她为什么不跟我玩”的无辜表情。天啊，你真是善良纯真的小猫猫。现在你在马麻腿上睡着了，忘记白天挨的刀，忘记被娃娃哈气，甜甜地睡了。

就像你每次跳上吧台咬走马麻饮料盒上的吸管，跳上操作台偷走水槽里的筷子，被我教训完后三分钟马上小跑过来用鼻子来顶手肘，撒娇喵喵叫求饶那般，如沈从文笔下的翠翠：不发愁，不动气，从不会想到残忍的事情。

你真的会记得今天发生的事吗？没关系，那就让我帮你写下来。

3

我马迷贪图逸乐，出国十多天不回来。期间台北爆热，对面的猫啊狗啊叫个不停，使得我姐卡鲁娃一夜长大。

我马迷真是太粗神经了，以为先把我阉掉就能永除后患。虽然我年纪小小时就被阉了，但我还是能了解那种感觉的。我姐算是很含蓄的那种，只低低地嗯嗯嗯，然后在地上蠕动爬行。

昨天我妈终于知道事态严重。今天一早就拼命打电话到几间兽医院。帮我喀嚓的那个医师伯伯没在，其他不是太远就是太贵。我妈只好一直哀求我姐娃娃说，乖喔乖喔再忍忍喔。我姐真是很乖耶，我看她憋得很痛苦，不像我无思无虑。

傍晚的时候，我妈去煮饭了。我看见我姐跪了下来，屁股翘高，我也不知道我为什么就骑了上去。我明明应该不知道这种事的啊？！我妈出来看到快要崩溃了，骂我坏蛋大色鬼！我只好像一个无辜的强暴未遂现行犯趴到墙角。我妈安抚好我姐，还要来安抚我，怕我心灵受创。我妈说她想开罐头给我们以转移注意力，可是又怕我们饱暖思淫欲。

她说：人做得出来的，猫都做得到。我真的是蛮欣赏她这点透彻的。所以啊，整个晚上我妈看 DVD 时都一边监视我们有没有做坏事。不过，这种事实在是非常浑然天成的。只要我姐趴在地上滚一滚，就会想把屁股翘起来，我就会想骑上去，我妈就会跺脚，骂我坏蛋大色鬼。这样一个晚上不下三四五六次。

最好笑的是她看我一直睡，以为我是故意要睡饱，晚上可以干坏事，所以我一睡，她就来吵我。哎哟，我本来就很爱睡嘛。

当女生真是太惨了。我姐明天还要被划一刀，我姐麻醉昏迷时，我妈一定很无聊地剪指甲。我妈说她虽然性观念开放，但是乱伦是打死不能接受的。希望今晚我和我姐能平安无事才好。

然后明天要叫我妈问医生，为什么我还是会骑上去呢？我骑上去之后真的能帮到我姐吗？我真的很想知道。

4

我先是当了两天防姐弟乱伦纠察队，又当了三天看护兼保姆。看的是卡鲁娃，保的是威士忌。

娃娃结扎回来后，两只猫得隔离。我先把娃娃带进我房间，但警觉机灵乃至神经质如她，一开门便冲。所以只好变成带威威进来。威威用临时马桶与便当盒，第一天颇自乐，第二天便撞门如击鼓。
好苦恼，想是不是要去买个铁笼，但是关谁呢？关威士忌吗？
这时，我发现娃娃非常自甘于厨房，所以再次搬家，威威出来，娃娃进去厨房。

娃娃非常好管，吃药配合，也有食欲，所以只要每天傍晚，屈膝弯身陪这位刚拿掉子宫与卵巢的少妇绕客厅散步一周就好了。
麻烦的仍旧是威威。他自从娃娃住进厨房这个低等病房后，便自己开始演起独生子一角，时而娇纵至死皮赖脸，唯一一招便是狂叫，时而自叹自怜，提醒我他好可怜没有兄弟姊妹与玩伴。

与威士忌同床颇惨，总得忍受他绕体三十周，在床上蹦跳五十下，硬是伸爪进未能完全紧合的衣橱门缝，钩出一条毛线（当然是毛衣上的）才过瘾。累到睡着，半夜隐约感受到他已甘于缩成一团保暖的肥软毛球，在我脚边酣睡。

俩猫偶一相逢，便是哈气伸爪低吼。不知是之前求欢未成恼羞成怒，或是两日不见手足不认。我便得隔在俩猫中间，又卫又劝，每天都在换马桶、换便当盒、铺床铺被，这边顾，那边惜，皆是随伺在旁，一步不敢离，致稿子大大延误，编辑大人来电，便称在当猫奴。唉，唯小人、小猫难养也。

猫咪搬家记

面对猫咪，或者说任何与我亲密切身的生命，我都自动缩成一个逊咖，甚至连逊咖都不足形容。

搬家那天，俩猫依惯例躲到排油烟机上面，全部搬清了。猫砂、猫饲料也都上车了。

剩下猫。

搬家师傅好心说帮我硬抓下来。威威一不服，发出哀嚎，我就不行了，打发他们说“没关系没关系，我晚上自己再来抓。”（敷衍，是的，敷衍。）

晚上，新家一室狼藉。我开车回旧家，先买了新的猫砂屋，我住新家也该给他们换新厕所。开门，显然威猫已经想娘想得急。笼子一开，自己乖乖地钻进去。卡鲁娃天蝎女总要安抚谄媚，半包鳕鱼香丝诱拐，终于抓到，没抓牢。她两三下挣脱，又逃回到安全的排油烟机上方。

第二次，重新来过。我恢复成真的只是要喂你吃香香的马迷。娃娃接近，再抓，咬一牙心一横装进笼子，关门。结果娃娃开始奋力撞击、翻滚，啊呜啊呜大叫，爪子乱挥。我一边嘴上安抚，一边收拾东西，结果娃娃竟把笼子门撞开了。

遁逃成功。躲回原本位置后，她还呜呜地哭，一副你为什么要这样对我的样子。唉，世间母女的相互折磨，岂是你两岁的小母猫能想象。

我只好继续蹲下来，无力地晃着两条鳕鱼香丝，期待有第三次机会。时间过去了，一人两猫都打瞌睡了，看来无望。只好趁着宠物店打烊前，飞车再买猫粮，帮他们加满，自己回新家睡觉。

这是第一次起义失败。

之后的两三天，起义第二次、第三次都一样失败了。卡鲁娃显然学到了“一件事情没把你打败，就会把你训练得更坚强”的真谛，一次比一次难抓。我知道要有长期抗战的准备——反正租约还没到期，慢慢来。（牵拖，是的，牵拖。）

接着，我开始到新单位上班。我很庆幸旧家是在新家跟办公室中间。上班前我会先回去喂喂他们，清清猫砂。

每次开门，威威总很配合地发出：妈麻马麻妈。五个音节，非常孝顺。

我想，这样好像也不错哦。可是月中租约到期怎么办？管他呢，到时再说。（逃避，是的，逃避。）

终于来到那一天，猫咪的外婆、阿姨，也就是我的妈妈、妹妹，正好来玩，顺便帮我抓猫。外婆老早对猫毛及我会过敏的鼻子有意见，上来前说服我：把猫咪带回乡下吧，空间大，他们也会比较快乐。话说将近一年前，我到上海工作的时候，两只猫就曾真的寄住在乡下外婆家。我回来，就求哥哥妹妹带他们上来，据说当时一抓一搬一载每个动作都很艰难。而我逃掉了，只在台北晃着鳕鱼香丝等他们。

这一次，我被说服了，跟妈说好。（摇摆，是的，摇摆。）
我跟她们说：很难抓，真的。妈说：哎呦，三个大人抓两只猫仔，还怕抓不到吗？我很谦虚地想：拜托，不要把我当一个人用啊，我是一个废人。

坚强的白羊座外婆、阿姨马上开始定位，不等懦弱的马迷用香香慢慢循循善诱。外婆架起椅子，就拎起了卡鲁娃。妈的，怎么这么容易。
但是娃娃开始反抗，又撞又扭又大叫。旁边有个逊掉的马迷，开始歇斯底里叫：不要抓了啦！不要抓了啦！声泪俱下。

强壮的外婆给白眼斥责：你那这没路用！[1]另一场母女折磨开始，娃娃趁机脱逃，最艰难的一战开始了。

最后是，一样是白羊座的坚强阿姨，开着车，在周日的黄昏的永和沿街拜访，看有没有哪一家兽医院周日有开，而且医生愿意出诊，愿意为要搬家的小猫打麻醉针。在这段时间，外婆与马迷已经完全无力，马迷只能很任性地嘶嘴说："等一下抓到，我要带他们去新家！"琼瑶式的母女亲情伦理大悲剧上演，定格在女儿很大声地跟母亲说："你不要那么大声好不好，吓到我的小猫！"

兽医来了，不免粗鲁。马迷又气急败坏：你不要那样啦，他们很乖，你不要那样抓！终于，俩猫陷入有生以来第二次昏迷——上一次是结扎。搬个家竟然要遭针受罪挨惊受怕，我对自己的无力感到非常自责。

看到猫咪又跌跌撞撞的，脚软虚脱，睁大了眼睛，吐出了舌头，我真想卷起袖子跟兽医说"拜托，也给我一针"。后来我妹告诉我，兽医颇有微词地跟她说：我看你姐情绪那样，猫咪有什么要注意的，我还是交代你好了。我跟我妹说，我还以为兽医要说：我看你姐情绪那样，真想也给她一针。

① 意为"你怎么那么没用！"

一个人，两只猫都搞不定。

抱着猫咪上车，往新家移动。猫咪清醒之后，还要面对他们的适应期：见人要哈气，见猫要哈气，见新家具也要哈气，偶尔还会用尿失禁来报复一下。

像我这么没门路的人，就会希望有很多懒人包和万灵丹可以用，会想躲到一些莫名其妙的东西背后，多出一些莫名其妙的信仰。有些人是烟、酒、咖啡和辣椒。

我现在又多出一样——我信仰鳕鱼香丝。

上班族日记

1

上班一个月了。

首先是，我发现把自己夹在几片厚重密实的高级材质木板之中，原来是某一种安定。

木板上最先有一条专属的电话线、一支专属分机、一台听说很快就会更新的颇破旧的计算机。然后，第三天，左手边长出一个杯子、一根瓢；第五天，左边第一个抽屉生出几包常抽的烟；第七天，桌底脚边长出一双新的室内拖鞋；第十四天，再长出常用辣椒酱一罐；加班的第三夜，长出一个买两包烟送的小烟灰缸；今天，终于又带了第二只杯，比较大的可以泡茶喝比较久，不用一直去加水。

刚好满一月。

再来是，以前我走同一路线连续三天就会感到厌烦，现在反而极为习惯通车时光。我每天要坐四段那么长的捷运，日复一日，因为没有别的方法。

对，没有别的选择的时候你就会知道什么叫习惯。

同一小区里有一位“植村秀”[1]小姐，眼影喜欢涂成双色棱格，大约是在东区百货公司上班。有时上班与她搭同一班接送车，下班她在忠孝、复兴上车又遇见。她好厉害，眼影一点儿都没掉，我的眼皮也如出门时一样沉重，不过中间的确曾炯炯有神冲锋陷阵精神焕发多回吧，我想。

有时一天做好多事，恍惚以为是一年。坐上返途的列车，觉得一年两年已过，我还在这里，真是不负主管期望啊。眼皮照样沉重，然后会看见不再联络的前男友与他太太坐在对面逗他们的小孩玩。

如果他也恰巧看见我，大概会问我：你快乐了吗?

是时间差，还有空间差。

我会熟悉各种提醒。靠右站立紧握扶手左侧旅客慢速通行的广播声，我不用思考不用看标示牌，上下各段长短不一的手扶梯，有时恍神被很大声说借过，然后来到另一个候车月台，还没有分手的前男友在等我。他手卷一份周日的报纸，上面有我的名字（还不是很

① 日本彩妆师植树秀创立的著名化妆品品牌。

常出现），不漂亮的牙齿笑得牙龈都露了出来。我依旧恍神，因为我们将搭上月台两侧不同方向的列车，各自回家。

车来了，一班，又一班。我们依旧偎着蹲在比较偏僻的墙边，他念我的文章很大声，车门伊呜伊呜关上，人都走光了。人又来了，站满月台前警戒线和黄色三角标志后方。车又来了，他笑得好开，问我：你快乐了吗？我咯咯笑，摇头。

他说，那我们就再等下一班。

2

我终于为“上班”找到最好的释义，叫作“卖时间”。

就像种田的农人米太多自己吃不完，所以卖米一样，时间太多自己用不完的人，只好卖掉。这个动作就叫“工作”、“上班”、“打卡”。不知如何用时间的人，也可以把时间卖掉，上下班打卡，规范与纪录会让你免于时间流失的焦虑慌张，每月封放于桌上的薪资条，更是巨细靡遗的交易明细。

把时间都转换成帐户里头的数字（通常并不很多），并不意味着已经从时间中脱逃，我们仍然时时刻刻分分秒秒（例如这八个字都是时间单位）地讨论时间。我们规划工作完成的时间，预定工作之后玩乐的时间，甚至，我们以“时间”发明下注的题目：某某同事几时几分会出现在办公室呢？

大家各自说出了一个时分。接下来便在时间中等待、制造紧张、预测、打屁[①]。很快地，我下注的时间变成实际的时间，悄悄过去，成为最大输家。赌本注定得掏出，摊摊手索性站起身。那一瞬间，这位被下注的同事就正好出现在门口。我如看到老鼠般尖叫，感觉同事不是从大门走进来，而是从某时某分某秒里走出来。办公室也不再是凌乱堆放着计算机与书的空间，而是一座年边失修的大钟，钟面分针秒针如中风老人抖着手脚，久久不前。同仁的座位如 3、9、6、12 数字坐落各角。我们在此卖出我们的时间，把时间予大钟，并绕着大钟闷转。

周而复始，卖时间予时间。

3

离职前两日，我拔了智齿。

智齿横长，早该拔的却拖到插入肉里、牙龈肿痛才拔。过程为：

---

① 即闲聊。

麻醉，切开齿肉，用铁锤击松齿根（我一度以为是要把我敲昏），接着用钳子硬扭硬拔硬抽出来。缝了两针，止痛药要吃五天。不能吃热食、固体食物最好也避。

我想，这个原因或能推却一些离职饭，不管是官方客套还是民间真情。但最后却一一吃了，不是因为盛情难却，只是因为我饿昏了。

在公司附近的日式餐馆吃午餐，我太专注咀嚼一客鳗鱼饭，一直小心不让饭粒掉落在右侧齿缝，以至于一顿饭中非常安静。就算有话，也是在谈论拔牙经验。有些实在爆笑的，我得托着下巴，唯恐笑到撑破缝线。

最精彩的还是平民之夜。食物与酒当然是重点。大家戏称校友、延毕生、旁听生、博士班八年级美编，祝贺我毕业。我边吃边喝边幸灾乐祸地告诫众同事：明天还要上班呢，少喝点。

喧喧闹闹着就结束了。这是离职的一部分。

另一部分是交接。

编务与行政事务便族繁不及备载[①]（真的很繁）。

无数的加班夜累积的啤酒瓶，交接给回收桶；为吃饱久坐腹胀胃酸

① 原意指家族太昌盛了，庶系太多了以至于都来不及备案记载（在族谱上），引申为好处或者坏处太多，来不及一一列举。

而过多准备的、编辑室经常交相传食的金十字胃肠药，以及为肩膀僵硬腰酸背痛而准备的两只简易按摩器具（购于统一价日系生活用品店）交接给美编；杯子与锅碗瓢盆带回家。原来不过半年，生活的痕迹就如此盘根错节在这一角座位中。但要瓦解，也不过是一下子的事。

离职后的第一天，要面对的竟是牙痛。

应该是昨晚不忍放过耐嚼的披萨饼皮与浓郁多汁起司烤薯条的结果。而这次的经验让我觉悟，我原来不是什么“硬汉”，只是一个怕痛又怕饿的人。

采橘记

对我这样从小爱玩的人，大学参加登山社，就等于插上两只翅膀，总有意外的出游机会。大一下学期刚开学，春日午后，阳光大好，正意图逃课，果然登山社学长前来吆喝，摘橘子去吧！凑齐一男三女，两台机车，四个登山大背包，从和平东路速速上了外双溪，再拐进内双溪，停好车，沿坪顶古圳走上学长说的野生柑橘园。

橘子树果实累累。地上散落着熟烂的橘子，周围也无栅栏，我们判断应真是野生，于是便如入无人之境，开心地摘起来。四个人像四只猴子，爬上爬下，荡过来晃过去，单纯又满足。我们采得背包满满，背在肩上，却毫不觉得重，步履轻松，想着回去分送给同学室友，高兴得都要哼起歌了。

下山途中，一老农夫迎面而来。他警戒的目光扫过我们，厉声问：你们去给我偷摘柑仔喔？！押着我们重回果园视察，当然，树上的橘子都在我们的背包里了。老农惊声大叫：夭寿喔！给我采光光！说着要我们跟他回家去。我们急着解释，以为是野生的，老农盛气凌人：整理得那么好，看也知道是有人的！涉世未深，又人赃俱获，我们只好跟着老农回家。

抵家门，老农朝内大喊："打电话叫警察！"这一喊，群狗狂吠应和，还喊来了左邻右舍。这时已近天黑，本该炊烟袅袅，婆婆妈妈们却放下锅铲，来凑热闹看贼仔。我们四个新科贼仔，瑟缩在远离市尘的农家院落里，百口莫辩，领受一声接一声的"夭寿"。

不一会儿，亮着红灯，响着鸣笛的警车从山腰蜿蜒而上。警察拷问四个手足无措的贼仔：还在念书喔？学生证拿出来！我们的头越垂越低，各自翻找。接过四张铁铮铮的国立台湾师范大学学生证，警察大概自己都觉得好笑，便安抚老农说看一斤开多少钱，当作卖给这些囝仔啦！

老农心有不甘地拿出秤子。我们唯唯诺诺倒出橘子，分多次称。很好，我们一共采了一百斤。老农夫开一斤三十块钱。傻愣如我们，当然不知米粮果菜行情，只好照单全收。只是四个穷学生，口袋翻遍也凑不出三千块钱，只好协议，学长走回登山口，骑车下山去领钱，把三个女生与一百斤橘子押在这里。

看学长身手矫健地冲下山去，三姑六婆们又开始议论："脚手这么紧[1]，一定是惯窃！”“对啊，连女生都能背这么重，一定有组织在训练！”三名师大女终于濒临受辱极限，连手成为“小三姑”，连珠炮般回击：“我们是登山社的啦！”“对啊！我学长是体育系的耶！”

回到学校办了场橘子社聚，让社员们先吃饱之后，再情义认购。大家一边吃橘子，一边损我们四个天兵，却不是说好倒霉，而是“好浪漫喔！”

的确，许多年过去，每当想起这件糗事，我总会单纯又满足地想着：那个逃课的下午，我们采了好多好多橘子回来。

---

① 意为“手法这么熟练”。

给自己一个机会

你对很多事情都看不开，瑜伽老师说，因为你的髋关节不够开。我正张开双脚，努力往前趴，一句铁口直断让我下巴掉到地板，完成了姿势。

你是习惯被看见“我很厉害”的人，这是反转三角式。老师说：你为了被看见上半身可以翻得很高，一直无意识地拉扯下半身的韧带。老师拍拍我的大腿，说：对它好一点，也对自己好一点吧。

天啊，好准喔！瑜伽是心理测验还是塔罗牌？老师是算命师还是整骨师？我瞪大了眼睛。结果，下一句诊断又来了，力道更猛：你的骄傲只是用来掩饰你的紧张。老师说：你的眼睛常会往上看。不要以为这是个没有力量的动作喔，当你眼睛往上，紧张的意识会从额头顺着头皮下来，压在你的肩颈上。试试看，把眼睛看向鼻尖。我想，我再也不会觉得这动作是个斗鸡眼的傻逼了。

曾经虚无铁齿无神论者如我，在每次结束瑜伽练习的唱诵中，都要热泪盈眶，满怀感谢。

瑜伽老师说，在每一次吐气的时候，都给自己一个机会，去找到你身体里最宽厚的部分。我想，我一直在靠瑜伽才让我们的关系一直保持宽厚。那是你有，而我没有的东西。

我以前习惯让棱角露出，越利越好，自伤伤人，称为个性。现在才渐渐知道，圆融不是乡愿，而是慈悲。也许这一切与瑜伽无关，而是年纪。

只是，我每一次吐气的时候，都希望给我们的关系一个机会，维持弹性，找到新的可能。我听老师的话，去关照每一次呼吸，感受能量流过身体缝隙的感觉。我吸气吐气，希望在我们关系的缝隙中，填满老师所说的能量。

我自以为，久而久之，就会产生出一种名为柔软的东西。

而事实上，我填入的不过是妄想与嗔痴。我们的关系不是我能包容与关照的。

它能维持，靠的是你的宽厚与温柔。

那个夏天，我清楚意识到你与你的身体可能随时会永远离开。就是那时，我走进瑜伽教室，不管自己柔软度肌耐力如何，净挑越有挑战越激烈的课上。前几堂课就要做肩立式。靠肩膀支撑身体，肩膀以下，全倒立在空中。

我当然没法做。老师抱着我两只很重的脚，对全班数秒。尽管她不知道我发生什么事，但她给了我很大的支持。而那一次开始，我就学会了肩立。

到了一个程度，我忽然明白：那些动作，都是不堪一击的幻觉。我只是流汗了、出力了，身体其实都在错的地方。

于是，我从头来过，砍断重练。

这时，我才知道，瑜伽好像红利积点。上课堂数足够时，那些原先无法猜透无法捉摸的姿势，看到它就如看到“不可能”三个字的姿势就能轻松地越了过去。

我相信人生的其他事情——例如人与人的关系，也是如此。

我只有不停练习，不用去想，那个小小的变化，究竟何时会发生。

但是，我要永远给它发生的机会，也给自己一个机会。

在瑜伽里，身体骗不了人，它会诚实地抵达适合你的深浅难易。一次一次的练习，并不是去锻炼身体的竞技能力，而是，慢慢，找到真实的自己。若哪些部位的肌肉强化了，强壮了，也是因为那里藏着一个勇敢的自己。我这么相信，也这么实践着。

好几次，我享受到在动作停下来之后，身体还在流动的感觉。要说能量流动也好，要说是肌肉没力皮皮剉[①]也好，其实就是一种“亲爱的身体，现在我跟你在一起”的感觉。

但我不知道，身体有自动记忆这件事。
有次做鸽式拉筋，我非常确定右边髋关节的疼痛酸楚，与你有关。
动作停留的时间相当长，筋渐渐松开时，我想着，你走吧，你走吧。
离我远一点，从我的身体消失，让我自由。
就那么一次。所谓通悟。

好几天后，走在路上，我才想起来，以前你习惯抚摸我的右侧腰。于是，我的右边髋关节存在着你的思念与羁绊。身体记住了我以为忘记的事。

你和瑜伽，在我生命的交集是身体。原来，我来上瑜伽课的潜在理由是如此浅薄，当我和我的身体在一起，也就好像跟你在一起。
这么一想以后，好像，又得砍断重练了。

而我的老师正轻声对我说，不要急，慢慢来，路很长。

---

① 即非常害怕，吓得哆嗦。

如梦之梦

一栋巨大的老式公寓大楼里的一户，家具老旧，地板是深青色磨石子，上面仿若有一层油，如机车行的地板。

老K哭哭啼啼带了三个小孩，都是男的，六岁、四岁、两岁。还有两条狗。他们和几个行李袋，像在机场check in柜台前等待被托运那样地，挤挨着。老大果然像无数的在机场的小孩，人趴在最大的一只行李箱上面，四肢朝上扬起，以为自己是一架飞机。
看上去深谙人情世故的菲佣，用国语说，对啦，这样全家团圆才对啦。菲佣的两只手还依依不舍牵着老二、老三，有一点鼻酸地说，那我要走了哦。

我又惊又疑地看着这一切，觉得不问清楚不行。等一下！这里面……有我的吗？我摸着我的肚子，尽管它有些突出有些松弛，但我很肯定不是眼前这三个小孩之一造成的。

当然有啊！老K吸着鼻子，一副要我负责的样子。

不可能啊！我紧压着肚子，吸气缩腹，不晓得是为了证明自己肚子真的很平坦，还是紧张到胃收缩。

看我眼睛瞪得比他还大，而且三分钟都没有眨眼。老K放弃说，好啦，没有啦。但是我真的很希望你能跟我们一家生活在一起。我想定下来了，我觉得你也应该。

我不可能的，真的啦！我皱眉摇手。

老K也皱眉，眼眶泛泪光。我之前试了好几个女的，但是发现只有你才有办法打理好一个家。

妈的，又是这一句。

我怎么办？！我转身快步躲进浴室里，却看见一堆没洗的、已经发馊的衣服，还有用到压不出来、盖儿被转开的洗发精、沐浴乳罐七零八落，垃圾桶里的卫生纸满到地上。我抓了一个干净的垃圾袋，开始打包这些可怕的东西。打理好一个家，我开始了吗？

我抓着垃圾袋走出大门，在长得异常的走廊上，找到天井处的大垃圾桶，丢完垃圾，往回走。

天黑了，走廊暗得一塌糊涂，我越走越不对。天啊，我迷路了。

周围已经黑得让人毛骨悚然，我奔跑起来，一直念着我自己的咒语：这是梦这是梦，我要醒来我要醒来，醒来就结束了醒来就结束了。

果然，我醒过来了。

我和老 K 坐在一个卤味摊吃消夜，镜头很仔细地拍那些食材。不是平常台湾常见的豆干海带那些，而是比较像香港的咖哩综合或四川的麻辣烫那些，牛筋、鱿鱼、猪肠。老 K 一如往常地狼吞虎咽，怡然自得。

刚刚那个是梦，对不对？我总是习惯把事情搞清楚。
当然是啊！不然你以为是什么？！老 K 有点嘲笑地、轻浮地说，说时还唏哩呼噜地吸着一条肠子。
不过啊，老 K 带着招牌贱笑，这几年我也的确在外面生了三个小孩就是了。而且都是男的，哈哈哈。
我又瞪大眼睛了。

这时候，手机响起来，是现实世界的那个手机响了。我才知道，这也是梦。
我恍惚地接起电话，是我表弟。

姐，你上次说很有名的那家卤味是哪一家？他听起来像是跟同学停在路边，取下安全帽打电话，周围车声呼啸。
啊？应该是……师大夜市的灯笼吧。我一时想不起来，只好给一个标准答案。

挂掉电话，我坐起来，把脚在地上踩了踩，确定真的是醒过来了。灵机一动，再拿起手机，打给老 K。

唉，你现在是不是在吃卤味？他在的地方也很吵，我一个字比一个字的分贝更大。

什么？老 K 吃力回应，我现在在凯达格兰大道抗议啦！

辑　四　　旅　行　的　瞬　间

某次去脚底按摩，
遇到一个话很多的师傅。
照例，反射部位是后脑勺、肩颈的点，都最痛。
按到某一处，我痛到吱吱叫，缩回脚。

师傅说，那是眼睛。
中了！我眼睛动过近视激光手术。

师傅开始发表长篇大论：
车祸啦、开刀啦、扭伤啦，
这些都是恒久的伤害，不可能会好。

我很白烂，问：那失恋呢？

师傅继续着动作，说：安啦。
我刚刚想，你心脏还蛮强的啦。

岛屿时光

1

当海风一波一波吹送进房里的时候，她醒了。

兰屿别馆外观如巨型百叶窗的设计，立着的侧面与正面分别漆上土耳其蓝与柠檬黄。这瘦长的水泥框框，为她格出一方碧海蓝天。眯眼看不远的海上，白浪温柔地翻涌，随着潮来潮往做慢摆的深呼吸，荡漾的频率让她以为自己睡在海上。她想起几个小时前的航行。

风和日丽，是出航的好日子。没有呜咽汽笛，没有雪白船帆，船渐渐离港。一如每次乘船，放定行李她就往外跑，坐在甲板上的白色铁椅上。她虔诚专注地看着岛，仿佛是岛在不断漂流而去而非船渐行渐远，一直到看不见大岛那和缓的海岸线。这是她第二次去这座小岛。第一次是大学联考后的暑假，和几个要好的同学一起。那时夜黑风高，她们陪着一个晕船的女孩，要她转移注意力就不会吐。她们奋力嘶声对大海唱歌，从“听海哭的声音，这片海未免也太多情”，唱到“船船船船烟白茫茫，我我我目眶渐渐红”，又唱“八月十五彼一日船要离开琉球港”，唱到扶着栏杆笑瘫在甲板。好快乐喔，那时候。

突然她听到驾驶舱里传来乐声，以为一定是陈百强或陈雷，却是深情无比的伍佰，是《挪威的森林》：“那里湖面总是澄清，那里空气充满宁静，雪白明月照在大地，藏着你不愿提起的回忆。”

这次单人旅行的主题，与其设定是失恋逃难，不如说是她单纯地觉得需要一座岛。那是一个状态，需要封闭，再一点一点打开。走出别馆，慵懒的黄狗在平台上行走，梯阶下是环岛公路，尘土飞扬，每隔几公里会有一处在挖凿或补平。

抓着出租机车的钥匙，默念一次红头、椰油、朗岛、东清、野银，她想，这次环状旅程，要从哪个方向开始呢？

2

她知道自己已经无法像十八岁那样狂热拥抱蓝天海水与阳光，于是打算仅仅带着胸前的相机，随意、安静地走走看看。在兰屿这样丰富的小岛，出现单独旅行的女孩子已不稀奇。早在第一次到来时，她就邂逅好多当时很是崇拜钦佩的大姐姐：纪录片的工作者，一个人扛着摄影机在小米祭[1]轻快穿梭，一身迷彩、卡其的人类学研究生，怡然蹲踞水芋田听老人家说远古神话，或是一袭波西米亚装扮的文艺女青年，追随三毛的脚步来此图几日浪漫。

台风刚过，原本就盘根错节的海滨植物更加狂野地生长。林投[2]火红的果实，黄槿粗糙的黄叶，掉落一地的黄熟榄仁，润泽丰盈的热带风情，却因艳阳长日烤晒，添了荒芜与干枯。她骑机车越过岛上穿山而筑的“横贯公路”，海拔没上升多少，却感觉到空气中的湿润。叶上带着莹莹水滴的羊齿植物，是八月的炙热岛上唯一的沁凉讯息了。缓缓翻过山头，野银部落的地下屋黑色屋顶，栉比鳞次在眼前。

原住民部落里，总有一条斜坡小径。她极喜欢拾级而上，一路再回头看看蔚蓝大海。一名少妇坐在凉台上，慈爱地哺乳初生的婴儿。按下快门的刹那，她与婴儿圆亮清明的大眼四目相接，才感到自己的这双旅人之眼是何等散漫无神。决定要学习一种乐天慵懒的频率，才将夹脚拖鞋脱下拎着走，却被不带善意的男子声音叫住：喂！你拍照要付摄影费！一张两百！拿来！她抱歉连连并落荒而逃，误闯一座岛屿，是如此窘境。

① 台湾原住民族群举行的与生产活动有关的祭仪活动。
② 原产全热带滨海地区，形似菠萝，有“野菠萝”之称。

从一凉台逃到另一凉台。老妇人口里咬着钓鱼线，手里拿着针，熟稔地将一颗颗多彩绚丽的细小珠子，编织成图腾，这样的串珠手链深得观光客喜爱，家家户户便以此为副业。她从卡其裤的侧边口袋掏出两根皱巴巴的新乐园烟，为老妪点上一根。这段悠然时光，必定为她的孤岛旅程带来些什么，她想。看见已完成的手链，是红黑白三色交织的拼板舟图案，她惊呼并给了好价钱。老妇为她戴上时，露出金银相间的牙，笑开来说，要许愿啊。她笑着摇摇头。

现在，她的手腕上多了一艘小舟。小的时候也流行过戴幸运手环，上课时间和女孩子们偷偷在桌下编织，戴上时许个愿，手环断了，愿望就会实现。之后走路时沿着围墙粗石子磨之，上下楼梯以扶手的棱角刮之，时不时用一口年轻好牙咬啮，洗澡时再用一种樱花牛乳香皂细细搓洗，却似乎从来没戴到断掉，都是看到其他女孩子又发明了什么新图案，手艺行新进了什么七彩线，就狠心将旧愿舍弃，再编织一条新愿望。

以为小岛午后应该有场大雷雨，就如想象中的异国热带岛屿，可惜没有。

渐入黄昏，白昼的暑气威力渐减，吹来阵阵清风。她来到机场，坐在漆成红与白的短墙上，看如大地之子的达悟族小孩，兴高采烈地送走最后一班开往大岛的飞机。望着远方的满天红霞，一颗殷红的太阳正往海面沉落。手里玩弄着一片马鞍藤的心形叶，她感觉腕上的小船将隐隐带她航行。她许愿，有一个人正从岛的另一方向出发，与她会合。

3

光影快速流动，一张年轻嶙峋的黝黑脸庞，忽明忽暗。他正专注雕刻一只兰屿角鸮身上的羽毛。这种造型可爱的木雕艺术品，最受观光客青睐。他的工作室在东清村，虽是新盖的水泥屋，却刻意营造地下室的氛围。地基离路边还有三阶的高度，屋内是阒暗的，后门却别有洞天。面对东清湾、搭在沙滩上的凉台的梯子是鲜红色的。凉台旁的石桌石凳，漆上蓝、黄、绿，艳阳烧灼，在此被转化成一方和煦的天光云影。

他停下工作，携一瓶保力达[①]到凉台上歇躺，目光梭巡着海滩上的漂流木。这些来自海上的木头是他创作的材料来源。他抚摸着自己手背上的一艘达悟拼板舟的刺青。去过大岛的人，回来手上背上都会多这么一块颜色，有龙、有凤、有骷髅头。他跟岛上许多年轻人一样，过海到大岛上，做黑手[②]、做技工、做捆工。他因为有美术

---

① 台湾保健类饮料品牌。

② 即机械模具加工从业人员。

的天分，好一点，在大城市热闹繁华的西区，帮人纹身。这样免去了劳力之苦，却同样艰苦维生，住在看不见星空的顶楼加盖铁皮屋，以瓦楞纸板为床，在思念故乡的夜晚，为自己刺下这艘船，却无法了却与日俱增的乡愁。这条小船，终究带着他回到小岛。

他现在还身兼生态义工，在不工作的时候，便到东清苗圃，照料港口马兜铃，这是珠光凤蝶幼虫的食草。珠光凤蝶长得比一般凤蝶都大，展翅翩翩飞翔时，金黄色的后翅，折射出如珍珠般的光泽，他总从那闪亮鳞粉中，看见自己的远逝的青春年华。

电话响了，是岛上一群为绿蠵龟调查而来的研究生。他们兴奋地说，母龟产卵了，晚上一起约在别馆集合，去看龟卵。

挂上电话，他感染到年轻生命的激昂，把音响音量调大，传来一首老歌。歌声在渐暗下来的屋内流动——“但愿那海风再起，只为那浪花的手，恰似你的温柔。”

4

她不知道一个人在小岛，晚上可以做什么好。十八岁那年竟然在卡拉 OK 海产店唱歌到天亮。回到别馆，正好有一群生物学的研究生在集合，要做绿蠵龟生态导览。她心想反正没事，也就跟去了。

果然是集体活动。在暗黑无光的海岸，为了安全竟要大家手牵手，她以为自己会很扭捏，却无意识地伸出手，与另一只陌生的手牵连。因为她正被解说员的话感动着，绿蠵龟每次上岸产下一百颗卵，然后游回海上，在沙滩上留下倒八字的巨型爬痕。每一只小龟长成母龟之后，会听海浪的声音，看海面的光线，再游回自己的出生地产卵。

由于听得入神，她竟踩空了一步。身旁的手急忙过来搀扶，却弄断了下午绑上的幸运手环。百颗珠子如龟卵一般撒落在沙滩上。她没有惊叫，只感觉到握住她的是一双多茧厚实的、艺术家的手。自己手上的小船已成为散珠，月光皎洁落下，她看见一条俊挺的鼻梭，并且看见，这双手上有一艘一模一样的船，正载着自己与他前进。

云南书简

你最怕的事情是什么？

亲爱的你问。你说你最怕的事情是大年初六。大年初六，年幼的你会从彩绘着鸳鸯的赭红色糖果盒里偷一只奶油话梅。往后的初七初八初九初十，在没有人发现的时候，例如你的母亲差遣你去买东西的路上，或是玩捉迷藏你当鬼从一数到五十的时候，从口袋拿出来，一角一角啮食。这是我极大的秘密，你说。你以此抵抗你最怕的，庆典过后瞬间的冷清死寂。以一只奶油话梅，以舌尖齿缝残留的酸甜梅粉，延缓无味日常的到来。

比起你，我的方式暴烈多了。大年初六天未亮，我背起六十五公升的登山背包，走入岁末来了就一直没走的强烈冷气团中。我因打包彻夜未眠，在晃颤的机场首班国光号上，歪斜着身体看国道一号上的斜雨纷飞，睁大眼睛安静记录着。离岛前的最后一刻，我在机场大厅的汇兑柜台，将一叠不算厚的新台币，换回几张薄薄的美金；同时将一个索居于城市并极度仰赖文明的我，汇兑成随处可为家、四海皆兄弟的我。我唯有握足后者的筹码，才能在香港转机误点两小时余的空档，以风衣外套蒙头，在五十四号登机闸口前怡然昏睡；才能在零下三度的清晨七点半在香格里拉邮局台阶前，啃一颗苹果当早餐，呵着手簌簌写下一张字迹潦草的明信片，等待邮局开门，让我买足面值人民币一块六的邮票用舌头沾了唾液贴定，投入邮筒，寄回岛内。收件人是自己。如此，我在归来时打开信箱就可以收到。这样假期结束时我将不显得太失落。

走出昆明机场的时候，阳光很明亮，未来的十五天也都是这样。我的行程是：昆明到丽江、丽江到香格里拉、丽江到泸沽湖、丽江到大理，大理到昆明。我把丽江当作基地营，期待这个名曰小资疗伤与艳遇胜地的古城，除了提供我转运与补给的便利外，借着多次进出我对它亦能培养出某些情感吧。但是，当我抵达时，我带着失恋般的心碎扶着太阳穴在石板梯阶上不停迈步，心底绝望的声音一直重复：怎么办？我来到巨大的九份[①]。绝望，不但来自栉比鳞次的古城商家贩卖的几乎同式同样的手工艺品（台湾民俗风系列商品的大盘原来在此），还来自四面八方来的游客个个穿着入时打扮讲究。我屡屡低头望见一双双亮皮高跟尖头靴横过我的防水透气抓地力强的登山鞋；珠光眼影水漾唇彩在古城荡漾开来，而我为我的眼

① 九份位于台湾台北县瑞芳镇。侯孝贤执导的电影《悲情城市》在此取景。

与我的唇带来的只有一罐无色无味的人工泪液与一方盒凝黄猪脂般的凡士林。我全身上下唯一的颜色在左小指——香港机场免税商店里试涂的紫荆色指甲油。在往后的十五日，它一日消磨掉一点。我携着它如携着一撮沙洲之岛，每日竟因观察它变化出不规则的海岸线轮廓而欣喜。

于是，我尽速远离小资天堂，坐上开往香格里拉的中巴。冬天是这个海拔三千余公尺、旧称中甸的山城的旅游淡季。街上人烟稀少，屋顶覆着雪，地上有积冰。这个晚上，我睡在通了电毯的青年旅舍中，半夜醒来，头痛欲裂，高原反应铺天盖地而来，这几日吃下的砂锅米线、玉米粑粑、乳饼乳扇全都化为酸稠汁液。我蹲在公厕呕吐至头发都变冰的，摸黑吞下两颗普拿疼，想看窗外天色，发现玻璃上结着霜。我在额头、人中、颈后重重涂上薄荷玉，那麻刺的感觉果然让我忘记疼痛与酸水，助我入睡。

昨晚零下二十度，青年旅舍的主人说。哪里都去不成了，连藏胞家访都因为淡季不营业。我开始后悔没听丽江散客旅游服务中心里，穿着民族服饰的纳西族姑娘的劝告了。所幸中甸由于外国背包客众多，亦开设了几家小资风情咖啡馆。我因此在骆驼咖啡馆度过两天。我写明信片、翻看别人留下的涂鸦与相本、听好几张店内的尼泊尔电子乐 CD，早午餐吃蘑菇鸡肉与姜茶，晚餐吃菠菜牛肉，更晚一点，当藏族女服务生为每张桌子提来炉火时，点一盎司纯麦威士忌。

亲爱的，我在香格里拉，祝你生日快乐。我看着远方的雪原，写下给你的明信片。

隔天，有一贵州登山队入住青年旅馆，邀我晚上一同开伙，吃酸汤鱼、喝青稞酒，学各省份的划拳招式。我们不约而同地瞥见对方的排汗衣登山鞋毛帽属同一西方品牌，甚至接近同式同样，如此相互辨识与认同，更甚省籍或民族。一桌子人嬉嬉闹闹。有一人醉了，便搂着主人的西藏獒犬又亲又抱说，我带你回贵州好嘛？隔天早上，我与这群贵州人在中甸长途汽车站再度碰面，都往丽江去。但在颠簸的公路上，昨晚豪气干云的众人已各自静默，除了在五六小时车程里暗自较量彼此膀胱的耐力之外，之间似已没有关联，各自从各自的车窗猎取飘浪的浮光掠影。反倒是系绑堆栈在中巴车顶的登山背包，从原生产国漂流千里后终于找到远亲近戚，一同挨挨挤挤，一同抵御漫天黄沙。

之后，我去了泸沽湖，再回到丽江。丽江古城与新城只有一街之隔，我且每回到丽江就至新城的百信商场购买晒后冻后修复面膜。美容专柜的咨询人员虽然两颊皆风化有加，但个个专业自信。春节连假过去，古城清静许多。我吸啜着海子牌袋装酸奶。酸奶是我每次来大陆旅行的必用饮品。我走在多次往返丽江长途客运站的大街上，渐渐有了回家的感觉。出发往大理的早晨，是我在丽江最从容的一个早上。临行前，青年旅馆主人请带了吉他的韩国旅者在四合院的院子里唱一首《月亮代表我的心》。我不禁鼻酸眼热，并且想起今天是元宵。

大理城的元宵夜，月光如洗，照着古城的石板路面，却不见有人吃汤圆。我想起某年冬至夜，你与我在台北车站附近，快步穿梭于南阳街开封街怀宁街汉口街，却找不到一个汤圆摊子。你人来疯地到便利商店买了冷冻汤圆拜托切仔面摊的阿桑帮我们煮一下，阿桑哭笑不得。这一点点回忆让我开心起来。有几个外国人拎着大理啤酒走过，问我何事这么雀跃，我便指着月亮要他们看。回到台湾人经营的四季客栈上网，在连回台湾的网页上打开信箱，飘洋过海的光纤电缆把我带回现实，那便是：你不会再写信给我。托着下巴绝望地删掉一封封广告信，也许鼠标点击过大，惊动了邻座的几位日本人，我抱歉地用初级日文说了对不起，又想起什么地问：今是何曜日[①]？这一日常对话仿佛打扰了他们原本旅行中的秩序，他们很惊慌急切地讨论起来：水曜还是木曜？木曜还是金曜？这似乎是对旅人的一大难题。回答关于时间、年月、数字的问题，就像要他们做

① 意为“今天是星期几？”

出承诺一样难。我对发出这无心问句感觉非常罪恶，赶紧挥挥手用英文补上，忘记它吧！谁在意呢？

我们用日文交换了一句“初次见面”，后来两三日就足以一起坐在小桥流水旁吃一碗两块钱撒了极多辣粉的豌豆凉粉；足以一同骑脚踏车逛洱海附近的油菜花田；足以一起坐缆车上苍山的中和寺各求了签，庙祝解签时，我因帮忙翻译而窥探了几位外国朋友一生的运命。有时我们在各自的笔记本上以汉字笔谈，某一页写满川端康成、三岛由纪夫、芥川龙之介以及村上春树、吉本芭娜娜、山田咏美。旅行总是这样，总是到快要结束的时候，才开始真正认识朋友。

我往昆明继续归途，从河内而来的他们继续往丽江。大理到昆明的K724次班车，夜间十一点发车，隔日早上八点到。我一夜好眠，好眠至醒来怅然极了，列车时光已消逝，车厢外是喧扰的昆明车站。我拦了出租车，回到茶花宾馆。这一天，昆明起了大雾。我走在高耸林立的两排耐寒杉科植物之间，沿着宾馆所在的东风东路走。地图上说，顺着这条路走，可以到西南联大，到《未央歌》的场景。我一步一步向雾中走去。

你最怕的事情是什么？

那年夏天，台风将至，我们并坐在我打工书店前的梯阶，一团厚重的橘色的云纠结在我们之中。亲爱的你问：你最怕的事情是什么？挟以爆破的哭声，我说，我怕被你忘记。

我以此迢遥的路途，穿过往香港的平流层、穿过结着薄冰的滇藏公路、穿过昆大铁路的卧铺车，延缓接受我们已经分手、爱情不会重来的这个事实。这趟旅程，我把丽江当作基地营。进丽江古城要付四十块的古城维护费，可以换一张明信片，明信片上说：丽江永远记得你。

旅行的瞬间

我最怕的事情，是时间。在旅行中尤然。

海参崴到莫斯科的火车，每星期六发车，星期五抵达。

我看着火车时刻表，直觉是：哇，那时间不是倒退了吗？待细详，才发现自己的世界地理完全不及格。九二八八公里的铁路，不靠站，不下车，要七天六夜的旅程。星期五，指的是，下个星期五。

那是我们曾计划过的一次旅行，先参加中国东北文化交流团，待团体行程结束，我们就脱队，到海参崴坐上火车，穿越西伯利亚。

结果，一场川震，在两岸携手救援赈灾之际，玩乐交流似显不合时宜。旅行团取消，已缴交的团费，挪出部分当作捐款。从远东到欧陆的浩瀚旅程，也渐渐随着你我恋情由转淡而消逝，无声被遗忘了。只是那躺坐在火车卧铺里，不断西行前进，而时间却不断向后退的意象，却始终恐怖地盘踞在我的想象中。

坐过最长的一次火车，也是跟你，广州到昆明，二十六小时。一人一个登山背包，没预先买车票，两人位置都在上铺，两人都带了大部头小说，当作参加不断电的阅读接力营。结果，十二小时过后，简直快要幽闭恐惧症发作。躺也不是，坐也不是，看书也不是，睡觉也不是。我睡睡醒醒，大部分醒来时，是半夜。翻过身趴着，拉开窗帘一角，看着窗外黑压压的原野。然后转头，确认你还在距离我一公尺的半空中，同样一公尺高、半公尺宽的卧铺上，长脚也许跨过栏杆，也许正打呼。其余面貌模糊。

二十六小时之内，所记之事寥寥可数。那铁道旅行的浪漫想象，到后来，只期盼时间快过去，原野快过去，赶紧靠站。很久之后，我才知道，那种幽闭，也许是指涉着，我们之间其实已没有太多的话可说。

到了古城，我那对于时间流逝太快，或者停滞不前的恐惧，又掩了上来。我感觉，我们的旅行不是在空间里，而是时间。

古城旅游书上最常见这样的句子：时间仿佛凝结在这里。但是，时间从来没有凝结。

酒吧街上，闹哄哄如竞选现场，明明放着煽情俗丽的港台情歌（真的，从《高山青》到《忘情水》都有），门外却是穿着传统服饰的男女跳着古时祭典的舞。艺品店家门口，摆着织布机，表演手工织布；放上铜片铁锤，示范手工打铸；随便拿一只陶器，训练有素的店员都会说，这是我爷爷做的。
无所不用其极的表现，时间仿佛凝结在这里。
其实大家都明白，这些民俗纪念品的大本营在沿海加工区，或更穷苦寥落的东南亚国家，成袋成堆地通过专业物流系统运送进来。

自以为是地做着经济社会学的批判时，才想起，在自己生活的城市里，曾几何时，我们也都习惯了坐在周围贴满手绘电影海报的长板凳上吃猪油拌饭和古早味面茶。

时间凝结的意思是，你走进一个展示旧时光的空间。如此而已。

恋情亦然。我们好似飞来飞去的背包客神仙眷侣，与子偕行穷游天下。其实我们都明了，我们害怕日落月升、日复一日的时间次序，害怕进入柴米油盐的无限循环。当恋情如一座贩卖怀旧的古城般凝结，它不再旖旎曼妙。

向往自由的你我，只有继续独自飞行，等待被回忆攫获。而分隔我们的，究竟是时间还是空间？

很奇怪，我从来没被送机或接机过。好像那温情甜腻的场面，会破

坏掉旅行的孤寂感。总是打包好，自己就像个贴心秘书，计划着几点要坐上巴士，几点到机场 check in。

有个深秋，一人到北京，开了电脑，收到你的信。你好深情，引了梁实秋的《送行》：“你走，我不送你，你来，无论多大风多大雨，我要去接你。”我与友人在烟袋斜街、钱粮胡同的酒吧里正酒酣耳热，因你这句话，窜起羁绊与思念。我想象自己拖着行李箱，桃园机场航厦电动玻璃门一开，斜风细雨中，你就在那里。

后来，换成你，你一人到热带群岛做人类学考察之旅。抵达方便上网的中继城市，你寄来和雨林部落妇女小孩的合照。妇女裸着上身，一双乳房垂至腹间。你晒得好黑。如此湿热繁饶的景象，信里却写着：有年冬天你寄来一双手套，每当寒流来袭，它总是被我紧紧地握在手里，至今依然保存着。有太多的记忆，在旅行中一一浮现。

那是我独自去香港采访，在换季专柜给你买的手套。我还记得，在旺角。不知是什么浓情密意逼着我，几近奔跑，大街小巷地仓惶找邮局。

我不知是什么样的旅行中倏忽升起的动情激素，让你从赤道连结回寒流，从赤身裸体都无法挥散的氤氲热气里，想起一双毛织手套。但亲爱的，我定着在此，规律度日。我不会怀旧，时间不会后退，不会跳跃到某个旅行的瞬间。因此，我漠然回信：“我们伤害了人或被人伤害，然后继续前进，本是如此。你能在这么舒阔的海洋重新开始，是福报。心安之所即是家，飘荡浮动这么久，真心祝福你能找到定下来的人与地方。”

雷骧[1] 心中的上海

聊了一整个下午的上海后，我从作家雷骧北投山边的家回台北市区的路上，看着城市灯火晃晃悠悠，竟然有点想念起仅短暂住过几个月的上海。

记得刚去上海时，我非常努力地把这座大城市转换成私我的“台北接口”，更精准地讲，其实不过是当年租居永和的我赖以生存的台北南区种种，即：要有“诚品”→于是有了陕西南路地铁站的季风书园；要有“挪威森林”→于是有了新乐路 88 号的布那咖啡；要有“Blue Note” →于是有了茂名南路、复兴中路口的 Blues & Jazz；要有“康乐意包子”→于是有了襄阳北路、长乐路口的襄乐包子店。

以上地点均围绕着地铁一号线陕西南路站，步行可达。这一方城郭似乎就是我心中的上海。

---

① 雷骧，台北人，1939 年生于上海。很小时即与家人移居台湾。现为纪录片自由制作人，并专事写作，著有多本散文、小说集。

再远一点，则是鲁迅公园与纪念馆、人民公园的当代艺术馆。而既然在此生活，就有时间耗在古北区黄金城道的家乐福、巴黎春天百货地下的City Super，或后来兴起的静安寺后面的久光百货地下超市了。

本来，雷骧心中也有一座上海。那是他九岁之前住的房子，爱多亚路上的浦东大厦。后来才知道，爱多亚路原来就是现在的延安东路。一九九四年，他终于回到这栋大楼，而管理员告诉他：回来正好，下礼拜就要炸了。

炸掉，就是为了建起现在的“延安高架”。

众人遂交换这样的经历：曾意外闯入某个光影跃动、气味饱满的弄堂区，正拿着相机喀嚓喀嚓得不能自拔，忽然拍到一个大剌剌的“拆”字，那时的那种怅惘与失落，竟感觉自己像个被迫搬迁的住户。原来，这是每个人的上海经验。

又说起在上海遇到的乞丐：背着书包的小孩趴在地上用粉笔写了满地凄惨身世。雷骧说那叫“文丐”。他们小时候，遇到的多是“武丐”：带两根铁线，挨家挨户要钱，不给就拿起铁线往两只眼睛一戳，不给，再戳。

这些骇人听闻的街坊奇谈，不仅只是惊悚，而是那个年代里，一个小孩知道的世界，看到的、听来的与后来他笔下既温柔缱绻又青春浪漫的台北，恰恰是个对比。

雷骧把他小时候的上海写出来，出书了。他豪迈一笑，说，我把我心中的那个上海炸掉了。

香港，伪非法居留

我走路很快，因此爱去香港。

有一阵子，用朋友的话说，去香港像在行灶脚[①]。我一开始只是铁公鸡心态，经港转机，不留白不留。一年去个三五次，每次待个两三天，却像个缺乏安全感又爱装熟的老人，迪斯尼、海洋公园、黄大仙，全没去过，全无冒险心。我只搭同一机场巴士进城：直穿九龙半岛的红磡线 A21；住一样的平价宾馆：油麻地与佐敦之间的平安大厦，穿过庙街可到 Kubrick 书店；吃一样的茶餐厅：尖沙咀澳门茶餐厅的咖哩牛腩饭或中环翠华的凉瓜排骨饭；甚至，购物也只去旺角某家 ESPRIT 或铜锣湾地铁出口的 TOUGH。

一个人的香港，成了种仪式。

那仪式的精神中心是，走路超快，路上人超多，但不四目相接，谁也不理谁，人人守分自持，谁也不妨碍谁。香港朋友问我为什么喜

① 指做某事相当容易。

欢香港，我说因为香港有一种孤绝。

他回答我：你比香港所有东西加起来都要孤绝。

我在冬雨霏霏的夜晚抵达香港，坐上直通九龙市区的双层机场巴士，驶过青马大桥与高架快速道路，凭记忆中的街景辨识已经到了九龙。穿过旺角，便是油麻地——我这次的住宿地点。

永盛行宾馆位于弥敦道上旧式大型住商大楼一层中的一室。大楼后方是古惑仔出没的庙街夜市，大楼入口处书报摊卖着各式腥膻周刊、马报彩报。走廊的马赛克地砖嵌着经年黑垢，老旧的电梯升落时皆会发出怪异声响好像随时会故障，里面贴有冶艳煽情的桑拿与芬兰浴海报。出了电梯，宾馆的压克力招牌就贴于斑驳墙面上，四周管线毕露。光是乘梯上楼一途，便可嗅出发生在此大厦的一切龙蛇混迹与风花雪月。

宾馆的柜台就是一张铁柜书桌，后面悬着一块小白板，上面写着预约订房的日期与房客姓名。房间里只有一张上下铺与一张木头书桌，书桌上摆一只热水瓶。住宿一晚，要一百五十块港币。推开面对防火巷的一扇小气窗，楼下海鲜酒家与茶餐厅的浓浊油烟遂窜入屋里。我赶紧关上窗，闷闷地想，要如何赶快忘掉前次来香港住的高级饭店，以在这阳春环境中安顿身心。结果却因一件意外，使我在这有如重庆森林般的大楼中，迅速找到我的位置。

当天深夜，我洗完澡，吹头发时吹风机竟然触动了消防警铃。铃声大作，分贝高得如空袭警报，而且丝毫没有停止的迹象。我满怀罪恶感地推开房门，发现整条走廊已站满众房客——我的邻居们——一堆越南、菲律宾面孔的女人。她们三四个或更多人住一床上下铺，看来是来此打工的，也许是非法居留。她们的脸上露着焦急害怕，用叽叽呱呱的家乡话谈论，或用英文问我发生了什么事？我们要不要一起逃？我比手划脚地告诉她们真的没有火警。我的英文在惊慌中也仿佛带上了东南亚口音。我房门上的红色警示灯闪烁不止，红光一圈圈地扫映在我们的脸上。那一瞬间，我已经忘记我是一个来香港采访二楼书店的台北记者，而是与我的同伴们一样，是穿着拖鞋与睡衣，站在走廊上等待救援的非法居留者。

最后隔壁亚洲旅馆的老板来把警铃关掉，结束了这场乌龙。未来的几天，我与书店店长、流浪诗人画家们白天谈文学与梦想，夜晚便躲回这不见天日的斗室，感受并享受着我的伪非法居留。

住在书店里

几年前到云南自助旅行时，我在大理认识了日本友人K。他跟我一样大，背着一把夏威夷吉他，已经在中国、越南四处旅行了好久。在我和同伴吃着青年旅馆里已经很便宜的十元人民币吃到饱的自助早餐时，他啃着一包苏打饼干，佐一瓶水，走过来跟我们聊天。就这样认识。

记得当时要分别时，大家说起自己的梦想，K说他要开一家二手书店，我跟着凑热闹嚷嚷，我也是耶我也是耶！回到各自的家乡，当我仍然每天在书店晃荡、跟人约在书店门口的阶梯、采访书店的店长店员、甚至到书店里的杂志部门当编辑时，K已经找店面、自己敲敲打打钉书架、自己手绘书店的招牌、到神户大阪的书市收书、上书、完成了他开书店的梦想。

这家古本屋叫Tree House Bookstore，树屋书店，就开在K的老家，姬路。他写信来，说：大理苍山上中和寺的解签师父说他会得到长辈的帮助。果然神准，从事木工的父亲免费供应他书店需要的木头，让他没花什么装潢成本。这道签我倒是记得颇清楚，因为是我翻译给他听的。至于师父怎么解析我的命运，我已经忘了。

后来，我到东京、京都旅行。既然买了国铁七日券，我就排出了两天造访与京都相距一小时车程的姬路。写信问 K 附近可有便宜的青年旅社，他回信说若我不介意，可以住在书店的阁楼，那里他常收容外国朋友或是在书店里喝醉的客人。住在书店里，这不是传说中的巴黎莎士比亚书店才有的事吗？我太兴奋了，赶紧回信“预约”。

待我抵达，才发现这家“书店民宿”的服务真是好。K 不但帮我准备了“关西书店特集”的杂志若干本、在仓库的阁楼清出一张沙发床的位置；更神奇的是，因为书店里没有浴室，他还给了我两张大众澡堂的票。

杂志的书店专集里，称 Tree House 是“放浪系书店”，因为店里以旅行类的书籍居多。书店还附设小吧台，除卖简单的咖啡、啤酒外，手写的菜单上还有一项“今日御饭”，只要日币五百元。K 解释说“今日御饭”的意思就是“我吃什么，你就吃什么”（日式英文：I eat what, you eat what）。大约傍晚，几个熟客会打电话说今晚过去吃饭，K 估计下人数，便准备简单的晚餐，大家边吃边聊边看书。客人中有图书馆馆员、中学老师、来日本教英文的外国人，还有一些是“也不知道他们做什么的，反正时间到就会出现，大概是酒鬼”。

晚上书店打烊，K 回家，我换了拖鞋、背着小背包（真可惜不是捧着脸盆），走过姬路宁静的街町，到大众澡堂。女汤与台湾温泉的女汤没什么太大差别，大家也不会交谈。只是，如果在住家走路可达的地方，就有这样一家澡堂，多幸福啊。我洗得飘飘然，回到周围都是书的阁楼就寝。更妙的是，阁楼是从旁边另一木梯（木梯上也摆满书）上去的，出入不会经过书店，但是厕所在书店里面。如果我半夜要上厕所，必须先下楼，开楼梯口的门，走到外面，再开书店的门，而书店又有一道那种需要费力拉起的铁卷门，所以 K 跟我说，嫌麻烦的话干脆到对面的 LAWSON（罗森，二十四小时连锁便利商店）用厕所。

我偏偏是很嫌麻烦的那种人，所以选择憋尿。于是，隔天早上，大概是我有生以来第一次那么期盼一家书店赶快开门。

第二天是周末，说来不巧但也幸运，本来 K 说周末他会例行去大阪、神户书市收书，我行前在信里也预约要跟；但正巧碰到姬路一年一度的手创市集，K 要去摆摊卖旧书和咖啡，我想这也会很好玩。到了摊位现场，看到许多化着烟熏妆、穿着短裙马靴的日本女孩，神态自若地拿着铁锤和木板敲敲打打。很快，她们的展示架就成形了，又一下，她们的拼布、围巾、手绘卡片、笔记本，纷纷上架。我帮忙顾了一下摊，又很有成就感地赶紧帮 K 去超市买到肉桂粉。（不知道为什么，穿过商店街时有那种日本综艺节目里，各家小孩比赛去帮妈妈买东西，看谁最先达成任务的感觉。）之后就自己去姬路城里晃荡啦。

K 说我可以骑他的脚踏车，但我选择走路。姬路是很适合走路的地方，主要道路大手前通，从车站直达姬路城，两旁银杏高大，人行道宽敞，且时有露天座椅。我参观了姬路文学馆——我的第一座“安藤忠雄”，里面有司马辽太郎的特藏室。晚上，又有另一群人来书店聊天，他们介绍我看藤原新也的书。他是日本的旅行名家，也写过台湾。说着找到一本《逍遥游记》，翻开第一页，果然就是淡水茶室的照片。藤原新也似乎有意捕捉城市里的阴暗。同一本书里，他拍香港九龙，竟取狭小的旧小区里的列祖牌位，觉得很有趣。不顾自己等于几乎没学的日文，我靠一知半解的汉字望文生义。后来到京都、东京，我又买了好多本他的作品。

第三天早上，我要搭新干线前往京都。K 送我到车站时，我们又聊起了梦想。我说纽西兰和澳洲有一种 Working Holiday，可以让十八到三十岁的外国青年在当地打工一年。我希望我三十岁以前可以去个一年。K 说：哦，我大学毕业那年就去了。在纽西兰。天天摘奇异果。语气里，好像没有觉得特别好玩。

啊，为什么我觉得遥不可及、必须千思万虑、做好万全准备、下定决心告别一切、充满神圣仪式感的梦想，K 就像日常生活一样，平平淡淡地达成了呢？可能我太把梦想当一回事，也太把自己当一回事了。于是，我就这样继续跟着嚷嚷着、凑热闹似的、异国情调式地、民宿体验式地、浮光掠影式地参观、采访、报道别人的梦想。然而，我渐渐也觉得，在那个神圣时刻降临之前，这样好像也没什么不好。

后来，我断断续续地跟 K 通信。他说，书店生意越来越好，而他最新的梦想是赶快排出假期，再去放浪放浪。

后　　记

没错，我也是这么想的

后记，要提到两个小孩。

任职媒体阅读版面时，常受赠童书公关书。为物尽其用，我会转赠给有小孩的朋友。挑选前先询问小朋友的阅读偏好，得到的答案言简意赅：

“要好看。”

第一批送去，没什么回应。我暗自猜想，一定是不够好看。果然，过了不久，小朋友托家长带话来，补上更精确的选书标准：

“要好笑。”

我要感谢这位小四生。这一路写散文、写小说、写剧本，不管写什么，都是这两个标准鞭策着我，通过自己这一关。

另一个小孩是小时候的日本文学名家远藤周作。

他三岁到十岁在中国大连度过。他自谓这是“生命开始的地方”。却在这七年内经历着父母失和、每晚争吵、离婚收场。他不想返回那个阴郁的房子时，就在植有赤槐的雪坡上游荡，在围墙上用蜡石涂鸦淫猥词句，与小黑狗说话。

远藤周作与哥哥的感情特别好。哥哥是优等生，他是劣等生。哥哥出数学题目考他：“试证明三角形内角总和为一百八十度。”他就在答案栏里写：“没错，我也是这么想的。”

在一篇评论文章里读到这段时，我不禁笑出声来。

我似乎也呼应了远藤周作自己说过的“童年时为了掩饰悲伤，就不断地恶作剧和开玩笑。”后来，我开始写作，这就变成了习惯。

宣传电影期间，不断被问到：为什么用诙谐戏谑的方式来写爸爸死掉？我像个问答机器一样冠冕堂皇：给观众以新的角度看待死亡。

呵，原来还是在掩饰。

我相信，悲伤的、失去的、碎琐难耐的，只要把它说得好笑，也许就写得下去，看得下去。也许，有些东西，可以透过书写被转化，或疗愈。

远藤周作也许要说，不可能啊。因为，当他四十六年后重返大连，回到那座如仓库般黑暗的旧居时，他仍感到不安与恐惧，仿佛听到父亲的吼声与母亲的哭声，仿佛看到埋头用功的哥哥与用手指塞住耳朵的自己……

啊，我多么希望远藤周作可以出来帮我回答。

然后，我就只要说：“没错，我也是这么想的。”

心理治疗师及灵修者皆言：每个人内在都有一个小孩。我却常觉得，我内在有两个小孩。一个永远精神充沛、跑跑跳跳对我说：“要好看、要好笑啊！”另一个则孤独晃悠，消磨悠悠长日，酝酿着小小的歹恶念头：“嘿，搞怪一下，忘掉忧愁吧！”

我与他们依存、对话，这就是我的写作。

图书在版编目（CIP）数据

父后七日 / 刘梓洁著 . —北京：新星出版社，2015.5
ISBN 978-7-5133-1606-4

Ⅰ . ①父… Ⅱ . ①刘… Ⅲ . ①散文集—中国—当代 Ⅳ . ① I267

中国版本图书馆 CIP 数据核字 (2015) 第 064069 号

父后七日
刘梓洁 著

选题策划：雅众文化
特约策划：方雨辰
特约编辑：简　雅
责任编辑：汪　欣
摄影作品：猪老三
装帧设计：所以设计馆

出版发行：新星出版社
出 版 人：谢　刚
社　　址：北京市西城区车公庄大街丙 3 号楼　100044
网　　址：www.newstarpress.com
电　　话：010-88310888
传　　真：010-65270449
法律顾问：北京市大成律师事务所

读者服务：010-88310811　service@newstarpress.com
邮购地址：北京市西城区车公庄大街丙 3 号　100044

印　　刷：北京盛源印刷有限公司
开　　本：880mm × 1230mm　1/32
印　　张：6
字　　数：116 千字
版　　次：2015 年 5 月第一版　2015 年 5 月第一次印刷
书　　号：ISBN 978-7-5133-1606-4
定　　价：32.80 元

版权专有，侵权必究；如有质量问题，请与印刷厂联系更换。